響け! ユーフォニアム
北宇治高校吹奏楽部のみんなの話

武田綾乃

JN047787

宝島社
文庫

宝島社

目次

おもな登場人物

〈低音パート〉

黄前　久美子　三年生。ユーフォニアム。部長を務める。

黒江　真由　三年生。ユーフォニアム。福岡の強豪校から転校してきた。

加藤　葉月　三年生。チューバ。一年生指導係を務める。

川島　緑輝　三年生。コントラバス。低音パートリーダー。強豪校出身。

久石　奏　二年生。ユーフォニアム。小悪魔的な性格。

鈴木　さつき　二年生。チューバ。あだ名はさっちゃん。

鈴木　美玲　二年生。チューバ。あだ名はみっちゃん。

月永　求　二年生。コントラバス。龍聖学園出身。

針谷　佳穂　一年生。ユーフォニアム。中学時代は漫画部。

上石　弥生　一年生。チューバ。バンダナがトレードマーク。

釜屋　すずめ　一年生。チューバ。つばめの妹。

〈トランペットパート〉

高坂　麗奈　三年生。トランペット。久美子の親友。ドラムメジャーを務める。

小日向　夢　二年生。トランペット。実力者だが、引っ込み思案な性格。

〔その他〕

塚本　秀一　三年生。トロンボーン。久美子の幼馴染み。副部長を務める。

井上　順菜　三年生。パーカッション。パートリーダーを務める。

釜屋　つばめ　三年生。パーカッション。マリンバが得意。

剣崎　梨々花　二年生。オーボエ。葉月とともに一年生指導係を務める。

義井　沙里　一年生。クラリネット。あだ名はサリー。

吉川　優子　卒業生。トランペット。久美子が二年生のときの部長。

中川　夏紀　卒業生。ユーフォニアム。久美子が二年生のときの副部長。

鎧塚　みぞれ　卒業生。オーボエ。音大に進学した。

傘木　希美　卒業生。フルート。優子と夏紀と同じ私立大学に進学した。

滝　昇　北宇治高校吹奏楽部のイケメン顧問。厳しくも愛がある。

松本　美知恵　吹奏楽部の副顧問。あだ名は軍曹先生。

橋本　真博　外部の指導者。専門はパーカッション。

新山　聡美　外部の指導者。専門はフルート。木管を指導する。

響け！　ユーフォニアム
北宇治高校吹奏楽部のみんなの話

〜開幕・スケルツァンド〜

ライラックパープル色の傘。その表面が、雨粒を弾《はじ》く。道路の表面を流れる水は、世界をコーティングする柔らかな膜のようだ。その薄い水面《みなも》をわざとレインブーツで踏みつけると、水しぶきが軽やかに飛び散った。

奏《かなで》は傘の取っ手を握り締め、意図的に大股で歩く。

学校からの帰り道。天気予報どおりに降り出した雨が、奏の視界を暗くした。湿気を吸った黒髪は普段よりもセットが甘い。頬にかかる髪の感触は、くすぐったいというより不快に近かった。

昨日、北宇治《きたうじ》高校吹奏楽部には新しい仲間が増えた。

針谷佳穂《はりやかほ》。上石弥生《かみいしやよい》。釜屋《かまや》すずめ。初々しさにあふれた可愛《かわい》らしい一年生たちは、中学時代の友人関係を継続したまま低音パートに乗り込んできた。騒がしさは感じたが、素朴さをまとった彼女たちの明るさを奏はべつに嫌ってはいない。斜に構えた人間が来るよりも、よっぽどやりやすい。

問題は、一年生ではなく三年生だ。

その顔を思い出し、奏は思わずため息をつく。

――黒江真由《くろえまゆ》。

彼女を初めて見たとき、奏は美術の教科書で見た絵を連想した。ボッティチェッリの『春（プリマヴェーラ）』。あの絵の中央に存在するヴィーナスのような、そんな印象。柔らかで、美しく、そしてどこか得体が知れない。華やかな容姿であるにもかかわらず高坂麗奈《こうさかれいな》のような近づきがたさを感じなかったのは、真由がそこはかとなく漂わせている無防備さのせいかもしれない。

真由の噂《うわさ》は、一日にして部内を回った。強豪校からやってきた転入生、その肩書きを耳に入れるだけで誰もが好奇心を刺激されるが、肝心な噂の内容は中身のないものばかりだ。転入して早々に男子から連絡先を聞かれていたらしいとか、じつは癖っ毛でそれを毎日ストレートアイロンで直しているらしいとか。

普段の自分ならばいつの日かそれらの情報が役立つことを信じ、それとなく噂を収集していただろう。情報は、集団生活を送るうえでもっとも重要な武器だ。いくらあっても困らない。

だが、と奏は目を伏せた。降り注ぐ雨が空気を白く染め上げている。車道を走る自動車のヘッドライトが、目には見えない雨粒の形を明確に浮き上がらせていた。

奏は真由のことを知りたくない。知らなくてもいいではなく、知りたくない。できる限り距離を取りたい。自分のなかに存在する拒否感に、奏は大いに戸惑った。

去年の夏ごろ、奏は自分が当時三年生だった中川夏紀《なかがわなつき》を軽んじていたという自覚があった。それは彼女の演奏能力の低さに対しての感情だったため、理由が明確だった。しかし、真由は違う。放課後の教室、あの人が戯れに奏でた旋律を聞いただけで奏はすぐに理解した。

真由は、自分よりも格上の奏者だと。

先輩が後輩よりも上手《うま》いことは、いいことだ。そんなことは、この部で誰よりも奏自身が理解している。

だが、理性では割りきれない部分が奏の思考の邪魔をした。

真由が奏よりも上手いのは間違いない。では、久美子《くみこ》と比べたら?

上位互換。その四文字が、静かに脳裏に浮かび上がる。

吐き出す息が、空気を震わせた。じっとりと湿気をはらんだ空気が奏の肺を静かに満たしていく。

水滴をまとった傘を乱雑に振ると、空からの雨粒に混じって水が地面へ落ちていった。

奏は濡《ぬ》れた地面をじっと凝視したが、その違いはわからなかった。

一　〇の中身はなんだろな

「お邪魔しまーす」

玄関から続く声の多さに、美玲《みれい》の肩に一瞬だけ緊張が走る。「どうぞ」と言いながら、美玲は扉越しに家の外を見た。広がる青空はどこまでも澄みきっていて、雲ひとつ見当たらない。

「みっちゃんの家だー！　やったー！」

ツインテールの毛先を揺らしながら、さつきが弾むように言う。その後ろで「みっちゃん、今日はよろしくね」「お邪魔しまーす」「わー、この置き物めっちゃ可愛《かわい》いー」「素敵なおうちだね」と久美子《くみこ》・葉月《はづき》・緑輝《さふあいあ》・真由《まゆ》が好き勝手に話している。奏《かなで》はいつものようにつかみきれない表情でニコニコしているし、求《もとむ》は緑輝のことしか見ていない。

さらにその後ろでは、スーパーの袋を互いにのぞき込みながら「すずめ、それ何？」「えー？　てみやげのからあげ」と弥生《やよい》とすずめが軽口を叩《たた》き合っており、それを聞いているはずの佳穂《かほ》は緊張した面持ちで脱いだあとの靴を並べている。

四月某日。今日は、美玲宅で低音パートの親睦会が行われていた。

事の発端は、フルートパートの友達からさつきが何やら話を聞きつけてきたことにある。

「フルートの子たち、一年生と仲良くなるためにクレープ会を開催するんやって！」

「クレープ会？」

パート練習の合間の休憩時間。その日、一年生たちは学力テストがあったため、部活には二年生・三年生部員しかいなかった。

「そういえば、ホルンの子たちもパンケーキ会するって言ってたな」

「えー、それやったら緑《みどり》たちも何かやりたい！　ね、求くん！」

「いいですね」

嬉々《きき》として手を挙げた緑輝に、すかさず求が相槌《あいづち》を打った。彼がこんなふうにプライベートでのイベントに乗り気なのは珍しい。十中八九、緑輝効果だろう。真由も「楽しそうだね」と控えめにうなずいている。

葉月が考え込むように顎をさすった。

「我々にふさわしい会とはなんぞや……」

「やはりクラッカーパーティーでしょうか。生ハムやアボカドをのせたら美味《おい》しそうですよ」

「奏ちゃんはお洒落《しゃれ》なものを食べてるねぇ」

久美子がしみじみとつぶやく。確かに、と美玲は心のなかで同意する。クラッカーパーティーなんて、人生で一度も経験したことがない。

「そんなのよりお腹《なか》にたまるもんがいいって」

と、葉月は腹をポンポンと叩きながら言った。

「みっちゃんはどう思う？」

突然、久美子から矛先を向けられ、チューバを抱えていた美玲はその場で固まった。

友達とホームパーティーをしたことはいままでない。ただ、家でみんなで食事をするといえば……、

「タコ焼きとかどうでしょう？」

美玲の言葉に、「タコパええやん」と葉月が大きく膝を打った。緑輝もさっきも俄《が》然《ぜん》乗り気なようで、「やってみたーい」「楽しそうですね！」とわいわいと盛り上がっている。

「久美子先輩はどうでしょう？」

「いいと思うよ。ただ、会場をどうしようと思って。私の家には全員呼べないし。奏ちゃんは？」

「私の家もさすがに大人数は難しいですね。梨々花《りりか》と二人であれば、よくキッチンでお菓子を作ったりするんですけど」

「奏と剣崎《けんざき》さんのお菓子、いつもすごいよね。前にもらったマンディアンショコラ、可愛くて美味しかった」

美玲の言葉に、「マンディアンって何？」と葉月が首を傾《かし》げる。

「薄いチョコの上にナッツとかドライフルーツがのってる、可愛いお菓子やで」

と、緑輝が指を動かしながら丁寧に解説した。

「奏ちゃんの家、いつかは行ってみたいなー！　お城に住んでそう」

さつきの無邪気な言葉に、奏は「うふふ」と意味深長な笑みを浮かべる。

「私のおうちよりも、緑先輩のおうちのほうがよろしいのでは？　素敵なお宅に住まわれているイメージがありますけれど」

「緑も普段やったらそう言いたいんやけど、ちょうどいまリフォーム中で。おじいちゃんたちがいつ来てもいいように、いろいろと造り替えてるねん」

「それはタイミングが悪かったですね」

求が神妙な面持ちでうなずく。そのすぐ近くの席で、葉月ががっくしと肩を落とした。

「うちの家もこの人数は無理そうやし。残念やけどタコパは無理かぁ」

露骨に落胆する葉月を見ていると、美玲はなんとかしてやりたいという気持ちに駆られた。直属の先輩が悲しんでいるところというのは、あまり見たいものではない。

チューバのベルを床に置き、美玲はゆっくりと口を開いた。

「では、うちはどうですか？」

その提案に、みんなの視線が一斉に美玲へと向けられた。それにたじろぎながらも、美玲は続けて言う。

「私の家、親戚が集まるための和室があるんです。タコ焼き器さえ持ってきてくだされば、場所自体は提供できますが」

「ホント？　みっちゃん最高！」

さつきがぎゅっと勢いよく美玲に抱きつく。ついでとばかりに、葉月まで「最高！」と身体《からだ》を寄せてきた。二人に挟まれた美玲は、「暑いので離れてください」と冷静に対処する。

「みっちゃん、本当にいいの？」

遠慮がちに尋ねてくる久美子に、「ええ」と美玲はうなずいた。一年生との仲が深まるのであれば、指導する際のメリットにもつながる。それに、単純に友達とタコパをしてみたいという気持ちもある。

「では、一年生が来たらさっそく日程を決めましょう」

にこりとそう言って、奏は自身のスケジュール帳を取り出した。「部活がない日は限られてますから、候補日はほとんどないですけど」とつけ足しながら。

そして、今日に至る。リビングでくつろぐ美玲の両親に挨拶をし、低音パートの部員たちはいそいそと和室へ移動した。和室はすでに宴会用のセッティングがなされており、十畳間の中央に脚の低い長テーブルが並べられている。盆や正月になると親戚たちがここに集まり、わいわいと騒ぐのが鈴木《すずき》家の恒例行事だ。

長テーブルの天板にはぴっちりと新聞紙が敷かれ、タコ焼きのタネがこぼれ落ちても大丈夫なようになっている。美玲の家にあるタコ焼き器のほか、葉月と久美子が持ってきてくれたタコ焼き器の計三台で、今日は十一人分のタコ焼きを作ることになっていた。

座布団に座り、さっそく部員たちが自分の買った食材をテーブルの上に並べる。基本的な材料は三年生たちがスーパーで買ってきてくれたのだが、なかに入れる具材は持ち寄ることになっていた。

「うちはおもちと明太子《めんたいこ》を持ってきました！　めっちゃ好きなんですよ」

さつきが意気揚々と鞄《かばん》から具材を取り出す。それに続くように、ほかの部員たちも自分の選んだ具材を発表し始めた。

「ベーコンとウインナー！　お肉入れたほうが美味しいと思って」と葉月がパックを見せびらかす。

「甘いものも欲しいかなって思って、緑はチョコとバナナにしてん」

「私も甘いものを持ってきてみたよ。マシュマロとはちみつと」

そう言って真由が取り出したのは、いかにも高級そうな瓶に入ったはちみつだった。

「さすが黒江《くろえ》先輩」と奏がわざとらしい猫なで声で言う。

「私はバジルとミニトマト、あとはクリームチーズを持ってきました。久美子先輩はよくタコ焼きをご自宅で食べるとのことですが、いったいどんなおもしろいものを？」

「えっ、普通だよ普通。シンプルにタコ」

「まあ」

「まあって」

わざとらしく目を瞠《みは》る奏に、久美子が肩をすくめる。緑輝の隣の席をちゃっかりとキープしている求が、「僕もタコ」とスーパーの袋からタコ足を取り出した。「おもしろみがないですねぇ」と、奏は茶化すように自身の口元に手を添えた。

「うちらもいろいろ買ったんですよ！　えっと、キムチとタバスコとパクチーと餃子《ギョーザ》とポテサラと唐揚げと……」

言いながら、すずめがぽいぽいとテーブルに食材を並べていく。

「なんか変なの多くない？」

葉月の指摘に、弥生がやれやれと言わんばかりに自身の額に手を当てた。

「すずめがどうしてもチャレンジしたいって聞かへんくて」

「弥生もノリノリやったやん。ロシアンルーレットタコ焼きしようや！　って」

「二人ともめっちゃ楽しそうに選んでました」

佳穂が思い出したようにくすくすと笑う。並べられた材料だけでかなりの量になりそうだ。「さっそく作りましょう」と腕まくりする美玲に、「よっ、みっちゃんカッコいい」と葉月が楽しげな声を飛ばした。

タコ焼き作りは久美子・奏・佳穂・真由の四人、葉月・美玲・さつき・すずめの四人、そして求・緑輝・弥生の三人に分かれて行われた。美玲がいちばん不安視していたのは求だったが、お目付け役の緑輝がいるおかげか、積極的に作業に加わっていた。

「わっ、みっちゃん！　粉が勝手に爆発した！」

「粉は爆発しません」

「このマシュマロめっちゃ美味しいねんけど」

「つまみ食いしない」

「みっちゃん先輩、ここにある液って、全部入れちゃっていいんですか？」

「最初からそんなにひたひたにしてたら具材が入らないでしょ」

葉月、さつき、すずめの三人が好き勝手に動くため、美玲は子供の世話を焼く保育士になったような気分だった。だが、不思議と不快感はない。むしろ非日常な時間を共有する楽しさがある。

去年の自分だったら、きっとこんなふうには感じなかっただろう。練習もせずに何をやっているのだと苛《いら》ついていたかもしれない。変わってしまった自分に戸惑いはある。だけどそれ以上に、そんな自分のことを素直に受け入れつつもある。

美玲はちらりとテーブルの端にいる求を見やった。真剣な面持ちでタコ焼きを凝視する彼に、弥生が「本気すぎ！」と天かすを散らしながら言う。

「緑先輩に美味しいものを食べていただきたいですから」と真面目《まじめ》に答える求を見て、来年の彼はどうなるんだろうとふと疑問が湧く。緑輝のいなくなった低音パートに、求は上手《うま》く適応できるのだろうか。

そこまで考えて、美玲は首を左右に振る。そんなのはいま考えても詮ないことだ。

「上から油をかけますからね」

美玲が言うと、葉月たちはコクコクと素直にうなずいた。球状になったタコ焼きに油をかけて竹串で形を整えると、揚げタコ焼きのような食感になって美味しい。すずめはとくにタコ焼きをひっくり返すのが上手で、彼女が作ったものと葉月とさつきが作ったものとでは、その出来が明らかに違っていた。飲み込みが早い後輩だな、と思う。

「めーっちゃ美味しそう！　いただきます！」

完成したタコ焼きを、さっそくすずめが箸でつまみ取る。一気に口に入れ、「あちうまー」と彼女は頬張りながら言った。

すずめに続き、ほかの部員たちも次々とタコ焼きを食べ始める。台によって具材が違うため、タコ焼きの交換があちこちで行われた。

美玲も焼きたてのタコ焼きを頬張る。噛《か》んだ瞬間にあふれ出てきたチーズによって、舌を火傷《やけど》しそうになった。とろみのある中身にはタコの旨《うま》みが染み出していて、噛むたびにじゅわりとした塩味が口内に広がった。タコの足のコリコリとした食感もいい。

「みっちゃんも食べなよ」

「はいこれ、美味しいよ」

「先輩、これ食べました？」

美玲が静かに食べ進めていると、ほかの部員たちが取り皿に勝手にタコ焼きを置いていく。次から次へとタコ焼きは焼き上げられて大皿に山積みにされたが、高校生の食欲はすさまじく、それ以上のペースでみんなの胃のなかへと消えていった。

「奏ちゃんのクリームチーズのタコ焼き、はちみつとすっごく合うね」

「ホントだね。奏ちゃん、センスいい」

真由は先ほどから甘い系のタコ焼きばかりを食べ、久美子はバランスよくさまざまなタイプのものを少しずつつまんでいる。奏は「でしょうね」とどこか得意げな顔をしながら、バナナにクリームチーズを合わせてそのまま食べていた。

タコ焼きのなかから現れたチョコバナナに美玲は一瞬ギョッとしたが、食べると意外と味は悪くない。甘いものはホットケーキミックスでタネを作ってもよかったな、と咀嚼《そしゃく》しながら分析していると、タコ焼きをてんこ盛りにした取り皿を持ったさつきがすぐそばに寄ってきた。

「みっちゃん、楽しい？」

背の低いさつきが美玲に視線を合わせようとすると、どうしても上を向くことになる。くりくりとした彼女の両目に自分の顔が映り込んでいるのを見つけ、美玲はとっさに目を伏せた。真正面から見られるのは、いつまでたっても少し照れくさい。

「楽しいよ」

そう素直に答えると、さつきは「うちも！」と元気いっぱいに返した。取り皿を長テーブルの上に置き、さつきはまるでコアラのように美玲の腕に抱きつく。

「こんなに楽しいのは、みっちゃんのおかげ！」

「そんなことないって」

「そんなことあるもん。みっちゃんと同じパートになれて、うちはほんまに幸せ者やなー」

まるで太陽みたいに、ニカッと歯を見せてさつきが笑う。そのすぐ後ろでは、弥生が「辛すぎなんやけどっ！」と涙混じりに叫んでいた。ロシアンルーレットタコ焼きの当たり（タバスコ入り）を引いたらしい。

「水飲んで」と慌てて紙コップを差し出す久美子に、弥生が「命の恩人です……」と芝居がかった口調で手のひらをこすり合わせている。その横では腹を抱えてすずめが笑い、佳穂はしげしげとタバスコの瓶を見つめている。先輩の前でここまで好き勝手やれるとは、今年の一年生部員は相当に図太い。

その賑《にぎ》やかな風景を眺めながら、美玲は取り皿の上に残っていたタコ焼きを口に運んだ。なかに入っているミニトマトとバジルは爽やかで、飲み込むと爽快な後味だった。

「私も、同じパートでよかったと思ってる」

ぼそりとつぶやくと、さつきが驚いたように目を見開いた。その頬がだらしないほどに緩む。

「うーっ。みっちゃん、ほんま大好き！」

「はいはい」

テンションが上がったのか、さつきは美玲の二の腕に額をこすりつけてくる。それを軽くあしらいながら、美玲はタコ焼きを食べ進めた。

大皿に盛られたタコ焼きは、同じような見た目でも中身が全然違う。その一つひとつに内包されているおもしろさを、いまの美玲は見出《みいだ》し始めていた。

二　気がある気がする

六月になり、天気は雨と晴れを繰り返していた。窓ガラス越しに侵入してくる夏の気配が、梅雨《つゆ》の空気に入り混じって校舎内の温度を上げている。

窓枠に肘を突き、秀一《しゅういち》は深く呼吸する。サンフェスの本番を終えたいま、部員たちの関心はオーディションに移っている。部内に漂う空気は、どことなく張り詰めていた。

「水飲むか？」

何を思ったのか、隣にいた瀧川《たきがわ》ちかおがこちらにペットボトルを差し出してくる。

「いらへんって」と首を横に振り、秀一はもう一度深呼吸を繰り返した。パート練習の合間に息抜きしようと、人けのない廊下に向かうと、そこにはすでに先客がいた。サックスパートのちかおだった。

普段はおちゃらけていることが多いちかおだが、この日は珍しく深刻そうな顔をしている。軽口を叩《たた》こうとしていた秀一は、とっさに閉口した。

「俺さ、マジで悩んでることがあんねんけど」

「おう」

重々しく口を開くちかおに、秀一は極力真摯に聞こえるように努めながら相槌《あいづち》を打つ。ちかおも三年生だ。副部長となった秀一と同様に抱えるものがあるのかもしれない。

ちかおが真剣な面持ちで言う。

「黒江《くろえ》さんってさ、俺のこと好きなんちゃうかな」

「あほちゃう？」

思わず口を衝《つ》いて出た言葉に、「あほってなんやねん」とちかおが拗《す》ねたように口をへの字に曲げる。秀一は肩の力を抜くと、息を吐きながら天を仰いだ。

「その話、お前で五人目や」

「その話って？」

「黒江さんが自分に気があるかもって。どう考えてもないやろ。夢見んな！」

「なんでやねん。可能性はあるやろうが」

「むしろなんでそう思ったかを聞かせてくれ」

「いや、この前のサンフェスでさ。発表終わったあとに疲れて一人でぼーっとしてたら、『お疲れ様』って声かけてくれてん。わざわざ、サックスパートの俺に！」

「そりゃ挨拶や。俺も言ったるわ、お疲れ様」

「いやいや、そんなんじゃないねんて。俺の目、めっちゃ見てたもん」

「黒江さんは人の話を聞くときにちゃんと目を見るタイプなんやろ」

彼女が地味に美人だという話は、男子部員のなかでもたびたび話題に上がっていた。高坂麗奈《こうさかれいな》のような派手さはないが、控えめで清楚《せいそ》な美しさを持っている。

秀一から見ても、黒江は好感の持てる人間だった。毎年全国で金賞をとるレベルの強豪校から転校してきたというのに、過去の栄光をむやみにひけらかしたりしないし、どんな人間に対しても優しい。高坂に声をかけるのは気後れする男子部員たちも、きっと黒江にになら話しかけることができるのだろう。

「普通に、吹部以外で彼氏とかおるんちゃうけ？　他校のサッカー部のエースと付き合ってそうな雰囲気してるやんか」

「普通にってなんや、普通にって。お前が直接聞いたんか」

「そんな聞くわけないやろ」

「じゃあテキトーなこと言うなって。俺はワンチャンあると思ってるから」

「まあ、確かに。可能性はゼロではないわな」

「やろ？」

「0・1パーセントくらいはあるんとちゃうか」

「ほぼゼロやんけ」

ちかおが大仰に眉間に皺《しわ》を寄せる。窓枠に両手をかけ、彼はぶら下がるように廊下にしゃがみ込んだ。

「お前はいいよな。幹部とかいって、黄前《おうまえ》さんともイチャイチャしてさ」

「してへんやろ」

「あー、俺も彼女欲しー」

「そもそも部長とはいま付き合ってへんし。前にも言うたやろ、私情は持ち込まんって」

言い返す秀一に、ちかおはじとっとした視線を向けてきた。そこに含まれた感情は、嫉妬よりも呆《あき》れの気配のほうが強かった。

「塚本《つかもと》はそういうところが真面目《まじめ》よな」

「あかんか？」

「いや？　ただ、ここぞってときに後悔しそうやなって思って」

「縁起悪い予言するなや」

「予言じゃなくて助言や。黄前さんがほかのやつと付き合い始めたらどうすんねん」

「付き合わへんやろ。普通に考えて」

「そんな普通、どこにもないぞ」

勢いよく立ち上がり、ちかおが秀一の顔を見上げる。癖の混じる彼の黒髪は、自由気ままに跳ねていた。秀一は肩をすくめ、「わかってる」とだけつぶやいた。そんなことはわかっている。だが、向こうの決断を無下にするなんてこと、秀一にはできなかった。

「ま、俺みたいなやつからしたら贅沢《ぜいたく》な話やけど」

踵《かかと》を浮かして背伸びし、ちかおが秀一の肩を叩く。窓枠に置いた自身の指が居心地悪そうにピクリと動いた。

「先輩たち、こんなところにいたんですか」

廊下の奥から突如として聞こえてきた声に、秀一とちかおはハッとしてそちらへ顔を向ける。声の主は求《もとむ》だった。

「おー、求。どうしてん」

ちかおがさっそく手を上げて応じる。求はいつものように澄ました顔で、すたすたとこちらへ近づいてきた。

「パーカスのＯＢからの差し入れです。たまたま音楽室にいたんで男子への配布を押しつけられて」

「わざわざ捜してくれたんか。悪かったな」

秀一の謝罪に、「いえ」と求は首を横に振った。そのまま、彼はちかおと秀一に個包装の菓子を手渡す。福岡土産《みやげ》で有名な『博多《はかた》通りもん』だった。お菓子を食べた直後には演奏できないので、食べるのは帰り道になるだろう。秀一はそれをスラックスのポケットに突っ込んだ。

「先輩たちはなぜここに？」

「ん？　コイツの恋愛相談に乗ってた」

「いやいや、相談してきたんはお前やろ」

意気揚々と答えるちかおに、秀一は思わずツッコミを入れる。求は関心がなさそうな声で「はぁ、そうですか」とうなずいた。相変わらずクールなやつだ。

「求は黒江さんと同じパートやろ？　どう、誰かと付き合ってるっぽい雰囲気してる？」

ちかおの問いに、求が明らかに怪訝《けげん》そうな顔をする。

「黒江先輩ですか？　すみません、あまり興味が……」

「ごまかさんでええぞ。女子が気になるのは健全な思春期を送ってる証《あかし》や」

「ちかおの言うことは全部聞き流してくれていいからな」

「言われなくともそうしますけど」

「生意気やなぁ」

笑いながらそう言って、ちかおは壁にもたれかかる。求が首を傾《かし》げた。

「みんな、黒江先輩のことが気になるんですかね。ほかのやつらからも聞かれました」

「そりゃあんな優しい子がおったら気になるやろ。魅力すごいやん」

「僕としては緑《みどり》先輩のほうが魅力的に見えますけど」

真顔で告げる求に、ちかおと秀一は顔を見合わせる。求の緑輝《さふあいあ》への傾倒っぷりは他パートでも有名だった。あれだけ露骨に態度を変えているのだから、当然の話だが。

「川島《かわしま》さんが誰かと付き合ってるところは、あんま想像できひんよな」

「確かに。いっつも女子と一緒におるし」

「緑先輩は人気者ですから」

褒めたつもりはなかったのだが、なぜか求は誇らしげに胸を張った。秀一の脳内に、近所のおばちゃんが飼っていたゴールデンレトリバーの姿が浮かぶ。記憶は定かではないが、こんな顔をしていた気がする。

「求はさ、川島さんと付き合いたいとか思うん？」

直球なちかおの質問に、求は微塵《みじん》も動揺を見せなかった。「そういうのじゃないですね」とあっさり否定する。

その答えでは納得できなかったのか、ちかおが唇をとがらせる。

「そんなことある？」

「ありますよ。誰かと一緒にいたいと思う理由は、恋愛感情だけに限らないので」

「おお……」

三年生二人の口から、思わず感嘆の息が漏れた。恋愛がすべてではないとわかっているが、そうした思考をさらりと言葉にできる人間はなかなかいない。

自分が久美子《くみこ》と一緒にいたい理由はなんだろうか。ふと、そんなことを考える。幼《おさな》ないでいた。久美子がそばにいることが当たり前になっていた。久美子がそばにいない未来など想像できず、勇気を出して告白した。が、その結果はどうだろう。現状は、過去の自分が望んだ形をしているだろうか。

「支えたいと思える人が身近にいることは幸福なことだと思います」

聞こえてきた台詞《せりふ》にハッとする。求はいつもどおり愛想のない表情でこちらを見ていた。だが、秀一はその両目の奥に彼の感情のきらめきを見て取った。

「求は偉いなー！」

「うわっ」

衝動のままに彼の背を軽く叩くと、珍しく求が焦ったような声を出した。それを見ていたちかおがケラケラと愉快そうに笑う。求は乱れた髪を手早く直していたが、やがて諦めたように手を下ろした。その口元はわずかばかり緩んでいる。

「俺も、ちゃんと支えたいと思ってるよ」

無意識のうちに、秀一は菓子の入ったポケットをなでる。膨らんだそれを手のひらでそっと押すと、もろく柔らかな感触があった。

三　ランチタイムにて

　昼食用に持参したフルーツサンドには、生クリームに埋もれるようにして大粒の苺《いちご》が入っている。苺の酸味が生クリームの甘さと調和して、その後味は爽やかだった。

「麗奈《れいな》ちゃんのパン、美味《おい》しそうだね」

　こちらの手元をのぞき込み、真由《まゆ》がにこやかに微笑《ほほえ》む。絹のような滑らかな髪が、彼女の動きに合わせてさらりと揺れた。

「黄檗《おうばく》にあるパン屋さんのやつ。お母さんが買ってきたの」

「へえ、私も行ってみたいな」

「あそこ、めーっちゃ人気やんな。緑《みどり》、クリームパン大好き！」

　教室に差し込む光が、並べられた机の半分を影で覆っている。わずかに開いた窓の隙間から風が吹き込み、クリーム色のカーテンがふんわりと膨らんだ。真由はそれを手で押さえ、「今日は風が強いね」と笑った。

「天気予報だと夜から雨って言うてたね」と、真由の隣に座る緑輝《さふぁいあ》が言う。小さな手を器用に動かし、彼女はたれのたっぷりかかったミートボールを箸でつかんでいる。

　この日の授業は珍しく午前中までしかなく、午後からは三年生の希望者を対象に進路についての説明会がミーティングルームで行われていた。志望校がまだ決まっていない生徒が対象のため、吹奏楽部員の三年生の三分の二ほどが部活に遅れてくることになっていた。

普段、麗奈は久美子《くみこ》、葉月《はづき》、緑輝とともに四人で食事をするのが恒例となっているのだが、この日は久美子と葉月がいないために緑輝と二人でお昼を食べることになった。そこに「私も一緒に食べていいかな？」と声をかけてきたのが、普段はつばめと一緒に昼食をとっている真由だ。つばめもまた、件《くだん》の説明会に参加していた。

久美子はどんな進路を選ぶのだろう。一年後、自分たちが置かれている状況を想像しようとするが、上手《うま》く予想図が描けない。胸の奥がざわつき、麗奈はそれをごまかすようにフルーツサンドを口に運ぶ。

「真由ちゃんはいっつもお弁当？」

緑輝の問いに、真由は目の前にある弁当箱に手を添えた。ピンク色の弁当箱のなかには、彩りよくおかずが詰まっている。鮭《さけ》フレークのかかったご飯、玉子焼き、アスパラのベーコン巻き、ブロッコリーとコーンの和《あ》え物、オクラを詰めたちくわ。まるでレシピ本の表紙のような見栄えだ。

「そうなの。お母さんは早起きが苦手だから、できるだけ自分で作ろうと思ってて」

「ってことはそれも真由ちゃんの手作りなん？　すごーい！　さすがママ」

「ママ？」

不思議な呼称に麗奈は首を傾《かし》げる。「昔のあだ名なの」と真由はその頬をほのかに赤らめた。

「そういえば、麗奈ちゃんってあだ名とかあったん？」

「あだ名……ない」

「潔い！」

「緑ちゃんは緑があだ名？」

「『緑』はもはや名前みたいなもんやから、あんまりあだ名って感じしいひんかも。小さいころはみーちゃんって呼ばれてたこともあったなぁ」

「そうなんだ。小さいころの緑ちゃん、きっと可愛《かわい》かったんだろうな」

にこにこと笑う真由に、にこにこと笑い返す緑輝。あまりに平和な光景に、麗奈は無言でフルーツサンドを食べ進める。生クリームのついた指先を備えつけのナプキンで拭い、麗奈は新たにベーグルを取り出した。クリームチーズとレーズンの組み合わせは、最近の母親のイチ押しだ。

「それにしてもさ、真由ちゃんも麗奈ちゃんも髪の毛サラッサラやんな。緑、癖っ毛やからうらやましい」

「私もちょっと癖があるんだよ、アイロンで頑張ってるだけで……。麗奈ちゃんは本当に綺麗《きれい》なストレートだよね」

「そう？」

「あんまり寝癖とかつかなさそう」

「あー、櫛《くし》でとかしたらすぐに直るかも」

「いいなー、いいなー。緑、髪の毛がぴょんぴょんってするからいっつも悩んでて」

緑輝が上半身をわずかに揺らす。その瞳が、不意に何かをひらめいたように輝いた。

「あ!」と口を大きく開け、彼女が突如として自身の鞄《かばん》のなかを探り出す。

「あったー!」

「……カチューシャ?」

「ヘッドドレスにも見えるけど」

「ヘッドドレスふうカチューシャやねん」

そう得意げに告げる緑輝の手に握られていたのは、レース素材で作られたカチューシャだった。白と黒の二本のカチューシャには両サイドにリボンがついており、その周囲を縁取るように細やかなフリルがあしらわれている。

「お姫様みたいで可愛いね」と真由が胸の前で両手を合わせた。

「これ、緑が作ってん」

「えっ、すごい」

思わず驚きの声を漏らした麗奈に、緑輝は嬉々《きき》としてカチューシャをなでる。

「せっかく作ったから誰かにつけてほしいなーって思ってたんやけど、いろいろと忙しかったからすっかり忘れてた」

「普通忘れないでしょ」

「えへへ。でも、いま思い出したから。ねえ、真由ちゃんと麗奈ちゃんにつけてもいい？」

突然の提案に、麗奈はベーグルを取り落としそうになった。一方の真由は乗り気らしく、「もちろんだよ」と快く引き受けている。

「髪の毛もセットしていいかな？」

そう言って緑輝は立ち上がり、鞄から櫛とヘアピンを取り出した。「まずは」と真由の席の後ろに立ち、座ったままの彼女の髪の毛を指で梳《す》く。そのまま器用に毛先を指に巻きつけ、髪の一部をツインテールのようにしている。

「スタイリストの人みたい」

麗奈の素直な感想に、緑輝は「いつかそういう仕事もできたらいいなって思ってるねん」と手を動かしながら言った。

「緑ちゃんはどういう仕事に就きたいの？」

「ファッション系！」

「いつも衣装とかもいろいろ決めてくれてるもんね」

「緑、昔からお洋服大好きやから。自分の好きなことを仕事にできたらなって」

「音大とかは考えへんの？　あんなに上手やのに」

「んー、音楽は大好きやけど、あくまで趣味かなぁ。緑は吹奏楽部で一緒にみんなで頑張るのが好きなだけで、プロのミュージシャンになりたいとは思わへんし」

「それ、私も同じだよ。一緒に何かを楽しみたいんだよね」

真由がうんうんと何度も首を縦に振る。カチューシャからこぼれる前髪を整え、緑輝は「できた！」と真由の髪から両手を離す。カチューシャを身につけた真由は、アイドルのように可憐《かれん》だった。

「次は麗奈ちゃんね」

「あ、うん」

いそいそと自分の後ろに移動する緑輝に、麗奈はベーグルを食べ進める手を止めた。麗奈の場合、音楽に対する努力はそのまま自分の将来に直結していた。それは幼いころからそうで、プロのトランペット奏者になりたいという夢は微塵《みじん》もブレたことがない。

だが、あれだけの腕前を持つ緑輝ですら違う道を選ぼうとしているのだ。プロの道を選ぶ人間というのは、本当に数少ない。

もしも音楽によってつながった相手が音楽をやめるとしたら、麗奈とその相手の関係はどうなってしまうのだろうか。

「見て見て、麗奈ちゃんも可愛い！」

麗奈が思考にふけっていたあいだに、緑輝のヘアセットは完成していたらしい。「じゃーん！」とうれしそうにこちらへ手の先を向ける緑輝に、真由がパチパチと拍手を送っている。

「麗奈ちゃんも真由ちゃんもほんまに似合う！　あ、久美子ちゃんたちにも見せたいから写真撮ろう」

緑輝はそう言って、スマホのカメラレンズを二人に向けた。真由は少し強い口調で「私はいいよ」と遠慮の意思を表明したが、「いいからいいから！」という緑輝の言葉に押しきられていた。緑輝の提案を断れる人間はそうそういない。

麗奈と真由は距離を縮め、互いに顔を寄せ合った。真由からほのかに漂う香りは甘美で、麗奈は少し気恥ずかしくなった。誰かのそばにいてこんなふうな感情を抱くのは珍しかった。

カシャリ、とスマホの撮影音が教室に鳴り響く。緑輝の撮った写真には照れくさそうに目を伏せる麗奈と、穏やかな笑みをたたえる真由の姿が写っている。

久美子には見られたくないかも、とふと思った。理由は自分でもわからなかった。

四　四人は幼馴染み

七月の第四土曜日が近づいてくると、沙里《さり》の実家の寺は忙しくなる。蓮祭《はすまつ》りの準備があるからだ。

寺の境内のあちこちに設置された青色の鉢は、水がたっぷりと入るようにお椀《わん》のような形をしている。いわゆる、睡蓮鉢《すいれんばち》というやつだ。夏になると葉の緑と花のピンクが色鮮やかに境内を彩る。蓮祭りの日はわざわざこの鉢の周囲をライトアップし、夜でも人が参拝できるようにするのが恒例だ。

蓮祭りは祭りといってもあがた祭りのような大規模なものではなく、もっとこぢんまりとしている。学校でＰＴＡが主催している子ども祭りのイメージが近いかもしれない。地元の人が屋台を出し、ヨーヨーすくいやくじ引き、チョコバナナや焼きそばなどを楽しむ。参拝客も増えるので、この日は沙里も家の手伝いで大忙しとなる。

「毎年ほんまありがとう」

沙里の言葉を、「気にせんでええって！」と法被《はっぴ》姿の弥生《やよい》が豪快に笑い飛ばす。

「そうそう！　このすずめさんにどーんとお任せあれ！」

「私も頑張るね」

元気よく自身の胸を叩《たた》くすずめに、控えめに両手を握る佳穂《かほ》。すずめはひまわり柄の浴衣《ゆかた》を、そして佳穂は沙里と同じく巫女《みこ》装束を着ていた。

家の近くに住む三人は、毎年この日になると祭りの手伝いをしてくれる。佳穂は沙里とともに絵馬やお守りの販売を、すずめと弥生は屋台の補助を担当する予定だ。

子供のころは客としてやってきていた三人だったが、沙里が装束姿でお守り販売の手伝いをしているのを見て「うちらもやりたーい！」とすずめが言い出したのが事の始まりだ。小学生のときは微笑《ほほえ》ましく見守られていた四人だったが、中学生・高校生ともなるとしっかり戦力としてカウントされている。

「そんじゃ、今日は頑張るぞー！」

天に向かい、すずめが拳を突き出す。「おー！」と元気よく返す弥生にならい、佳穂と沙里も拳を上げげた。四人でいるといつもそうだ。おとなしい沙里と佳穂を、すずめと弥生が引っ張っていってくれる。


実家の手伝いをするとき、親から教えられたことはいろいろとある。「いらっしゃいませ」とは絶対に言わないこと。「バイト」ではなく「助勤」と呼ぶこと。冬場は装束姿だと身体《からだ》が冷えるので、しっかり防寒対策をしなければいけないこと。

地元の人にはすぐ「あの寺のお子さんね」と認識されるため、沙里は礼儀作法について厳しく育てられた。恥ずかしい真似《まね》をしてはいけないよ。迷惑なことをしてはいけないよ。相手の気持ちを想像して、みんなに優しくできる人になってね。そう両親に言い聞かせられて育った結果、沙里はやや人見知りな性格となった。

誰かの気持ちを慮《おもんぱか》ってばかりいると、自分の行動が他者の感情を害してしまうのではと臆病になる。配慮に配慮を重ねて言葉を吟味しているあいだに、気づけば場の話題は流れていく。

誰かと一緒にいるときは和気あいあいと過ごせるが、ひとたび家に帰るとどっと疲れが込み上げる。あのときああ言っちゃったけど、失礼じゃなかったかな。あんなふうな言い方、しなきゃよかった。空気読めてなかったかも。寝る前に脳内で開催される反省会は、昔から沙里を疲弊させる。

だからこそ、すずめたちと一緒にいる時間は好きだ。楽だから。すずめや弥生は嫌なことがあるとはっきりと口に出すタイプだが、他者を傷つけるようなことは言わない。佳穂はいつも笑ってみんなを和ませてくれる密《ひそ》かなムードメーカーで、一緒にいると心地がいい。

四人が友達になったきっかけは、同じ保育園に通っていたからだった。小学生のときには弥生とすずめが些細《ささい》なことで喧嘩《けんか》して気まずくなったり（あのころはすぐに「ゼッコーや！」と言っていた）、失恋した佳穂を励ますのが大変だったり（三年間片思いをしていた男の子が遠くに引っ越してしまった）と、いろいろなことがあった。中学生のころにはみんながバラバラの部活に入り、自然と会う頻度が減った。各々《おのおの》に新しい友達ができ、自分の活動に一生懸命になった。それでも寺での手伝いは続いていて、毎年祭りの日になると四人全員が集まった。

すずめたちと会うと、すぐに幼馴染《おさななじ》みの空気になる。自然体になれる空気だ。中学時代、吹奏楽部の友達と一緒にいるのは楽しかったけれど、それと同じくらい疲れることも多かった。だから沙里は四人で集まる時間をいつも心待ちにしていた。

それから部活を引退し、受験シーズンが始まった。四人で同じ高校に行こうと約束し、地元の北宇治《きたうじ》高校に決めた。弥生の模試の結果がさんざんだったときにはどうなることかと思ったが、みんなで勉強を教え合ってなんとか全員で合格できた。

「お姉ちゃんが吹部やからさ、うちも高校から吹部にしようと思ってんねん。サリーもおるし」

入学式からの帰り道。そうすずめが言ったのは、沙里にとっては青天の霹靂《へきれき》だった。すずめは女子バスケ部の中心人物で、レギュラーメンバーだったはずだ。

「バスケは？」と尋ねた沙里に、「飽きた！」とすずめはあっけらかんと答える。

「飽きたって……めっちゃ活躍してたけど、いいん？」

「確かに楽しかったけどさぁ、新しいことやってみたいなって思うのがハイスクールライフってやつやんか」

すずめの言葉に、弥生も「じゃあうちも入ろうかな」と急に乗り気になった。佳穂が「ええっ」と慌てたように口元に手を添える。

「みんなが入るなら私もそうしようかなぁ」

「そんなノリで決めて大丈夫？　北宇治、めちゃくちゃ強豪やけど」

北宇治の雰囲気がどんなものかはわからないが、強豪校の部員たちというのは漏れなく厳しい練習を耐え抜いているものだ。軽い気持ちでうっかり入ると心が折れてしまう可能性がある。

「いいやんいいやん、全員で入っちゃお！」

心配する沙里をよそに、すずめの声はどこまでも軽やかだ。

「大丈夫かなぁ」

「ダイジョブダイジョブ！　サリーは心配しすぎやって」

横断歩道の信号が変わり、四人はその場で立ち止まる。青から赤へ。等間隔に並ぶ白線の向こう側で、春服に身を包んだ人が飼い犬と散歩している。すずめがニヤッと口角を上げた。

「あれチャウチャウちゃう？」

「ちゃうちゃう、チャウチャウちゃうわ」

即座に反応する弥生に、ぷっと佳穂が噴き出す。お気楽な雰囲気に、沙里も思わず釣られて笑った。どれだけしんどい目に遭っても、みんなで一緒だったらなんだって乗り越えられる気がしていた。

「お疲れー」

聞こえてきた声に、回想にふけっていた沙里はハッとして顔を上げた。祭りは終わり、多くの客が帰ろうとしていた。お守りを販売していた沙里のもとに、コーラの入ったペットボトルを持ったすずめが近寄ってきていた。

「お姉ちゃんたち、ばいばーい」

こちらに向かって手を振る子供たちに、沙里たちは笑顔で手を振り返す。地元の子供たちが喜んでくれることが、この祭りのいちばんの報酬だった。

「ひやー、疲れた疲れた。手がつるかと思ったわ」

バンダナを頭に巻き直しながら、弥生が大きく息を吐き出す。クレープ屋の手伝いをしていた弥生の法被には、鉄板で小麦粉と卵が焼ける匂いが染みついていた。

「みんなお疲れ様」

佳穂がにっこりと両目を細める。汗のせいで彼女の額には前髪が貼りついていた。

沙里はパイプ椅子から立ち上がると、その場で爪先立ちになる。ふくらはぎが伸び、強張《こわば》っていた筋肉がほぐれていく感覚がした。

「それじゃ、今年もアレするでー！」

弥生の言葉に、すずめがヒューと口笛を鳴らす。四人はさっそくクレープ屋の屋台に移動し、残った具材を確認した。苺《いちご》、バナナ、生クリーム、チョコチップ、アイスクリーム……。

弥生は鉄板の前に立つと、まるで舞台役者のように自身の胸の前に手を添えた。

「『神ぃテク披露してみいや、良いもん焼いたるわ。上石《かみいし》弥生です』」

「よっ！　クレープ番長」

「その肩書きでいいのかなぁ」

「ふふっ」

弥生はボウルを取り出すと、クレープ生地のタネをかき混ぜた。熱した鉄板の上にレードルでタネを流し落とし、手際よくトンボで薄く広げて延ばす。できあがった巨大なクレープ生地の上にどかどかと余った材料をのせ、最後はそれを上手《うま》く丸める。

「じゃーん！　じゃんじゃん食べれちゃうジャンボクレープ！」

熱々のクレープに紙を巻きつけ、弥生はすずめにそれを差し出す。弥生がクレープ作りにドはまりしたのは小学六年生のときで、一時は毎週家でクレープパーティーを開催していた。それから蓮祭りの日はクレープ屋台の手伝いを嬉々《きき》として担当するようになり、余った具材を詰め込んだジャンボクレープ作りは祭りのあとの恒例行事となった。

「大学生になったらクレープ屋でバイトしようと思ってんねん」と語りながら、弥生は次々とクレープを焼いていく。これでもかと具材の入ったクレープは、市販のものよりも食べごたえがある。

「この弥生のクレープが最高なんよなぁ」とすずめがしみじみと言う。その隣では、佳穂がもぐもぐとリスのように頬を膨らませてクレープを咀嚼《そしゃく》していた。弥生は意気揚々とほかの人の分までクレープを作り始めており、台の上にはすでにクレープの皮が何枚も鎮座している。

何げない日常だ。沙里にとって、見慣れた風景。だが、この風景が当たり前に続いていくとは限らないと、沙里はうすうす気がついている。目を閉じると思い出す、サンフェス練習での息苦しさ。いまも胸に抱いている、コンクールへの漠然とした不安。ネガティブな感情を完全に払拭できる日は来ないだろう。

それでも沙里は、この四人で楽しい時間を過ごしたい。吹奏楽部に入ったことを一瞬たりともみんなに後悔してほしくない。

たとえそれが、夢物語だったとしても。

「来年も楽しみやね」

何げなく告げた沙里の言葉に、すずめが一瞬だけ目を大きく見開く。眼鏡《めがね》のレンズ越しにのぞくその双眸《そうぼう》が柔らかに半弧を描き、彼女は満足そうに微笑んだ。

～幕間・アジタート～

「この花火、めっちゃ可愛《かわい》いんですけどー」

ほら、と梨々花《りりか》が持っていた花火を小さく掲げる。先端から勢いよくこぼれ落ちるピンク色の光は、やがてシューシューと音を立てながら、紫、水色、緑、黄色と変化していった。

「んふふ、緑《みどり》先輩がおすすめしてくれはってん。こういう変わり種ってワクワクして楽しいよねぇ」

「何花火なん?」

「レインボー花火。奏《かなで》の分もあるけど、いるー?」

「いる」

うなずくと、梨々花は「ほーい」と二本も花火を手渡してきた。近くに設置されているろうそくに近づき、奏もその先端に着火させる。噴き出す火花をアスファルトに近づけると、黒い表面に白い染みが生まれた。

息を吸い込むと、火薬の匂いが鼻腔《びこう》をくすぐる。夏休み、合宿二日目の夜。オーディションの結果発表後に行われた花火大会では、ジャージ姿の部員たちが手花火を持ってはしゃいでいた。

「噴き出し花火、行きます！」

広場の中央では、男子部員たちが集まって大型の花火に着火している。先ほどまでねずみ花火に夢中になっていたのに、切り替えが早い。

「私らが三年生になったときもさー、こうやって一緒に花火やりたいねぇ」

聞こえてきた梨々花の言葉に、奏は視線を隣へ移す。彼女は柔らかな毛先を指でなでつけながら、はにかむように笑った。

「もう来年の話？」

「だってさ、久美子《くみこ》先輩たち見てたら、一年なんてあっという間やなーって思って」

「確かに、あの人はずいぶんと慌ただしそうやけど」

「私らの代は誰が部長になるんやろうね？　意外と夢《ゆめ》ちゃんとか！」

「小日向《こひなた》さんに任すのはさすがに荷が重すぎると思うんやけど」

「緊張しいやもんねー。じゃあ、奏はどう？　頼まれたらやりたい？」

「私は、」

そこまで言って、奏は言葉を詰まらせた。役職に就くなんて面倒ごとは避けたいが、かといって頼まれること自体は満更でもない。先輩から実績と能力を買われているということだからだ。

だが、いまの奏をそのように評価してくれる人間はいるだろうか。そう、ふと考える。

今日のオーディションの結果発表で、奏はAメンバーに選ばれなかった。

燃え尽きた花火の先端が、不意に目に入る。先ほどまで鮮やかに輝いていたそれは、すでに光を失っている。

「誰が部長になるかなんて、いま考えても意味がないでしょ。先輩たちが決めることやし」

「それはそうなんやけどー」

奏の言葉に、梨々花は目を細めた。その唇が微《かす》かにすぼめられる。

「私、奏と一緒に頑張りたいなー」

「頑張るって何を？」

「んー？　いろいろ」

そう言って、梨々花は奏の肩に身体《からだ》をすり寄せた。ざっくりと開いた襟ぐりから、白い鎖骨がのぞき見えている。奏は肩をすくめた。

「無理に慰めようとしなくてよろしい」

梨々花は一瞬だけ目を丸くし、それから困ったように頭をかいた。

「バレてたか」

「心配しなくても大丈夫。春からずっと、ある程度の覚悟はしてたから」

「奏ならそう言うと思った」

「でしょ」

「でもでも、そういうところが心配だったりするねんなー」

「そういうところって？」

「頭が回りすぎるところ。奏って、優秀すぎるせいで損してるときあるからさー」

梨々花の言葉にはいつだって嘘《うそ》がない。だが、いくばくかの装飾はある。奏は手を伸ばし、火の消えた花火をバケツへ入れた。

「これはこれは、お褒めにあずかり光栄です」

「くるしゅうない、くるしゅうない」

梨々花が戯れのようにひらひらと手を振る。そのとき、広場の中央部分から「りりりんセンパーイ」と舌ったらずな声が聞こえた。どうやら声の主はダブルリードパートの一年生のようだ。

「梨々花のこと、お捜しみたい」

「うむ、お捜しされてるー。何かあったんかな？」

「かもね。私のことはいいから、行ってらっしゃい」

梨々花は立ち上がると、「またあとでねー」という台詞《せりふ》を残して去っていった。その後ろ姿をひとしきり眺めたあと、奏は大きく息を吐き出す。

自分と同じく複雑な心境であろう久美子に、ちょっかいでもかけに行こうか。そう思って広場を見渡したが、彼女の姿はそこになかった。ドラムメジャーである麗奈《れいな》の姿もないため、おそらく二人でどこかにいるのだろう。そう考えると途端につまらない気持ちになり、奏は唇を軽く引き結んだ。

広場から遠ざかるほど、喧騒《けんそう》は遠くなる。合宿所は総合施設として作られ、宿泊所のほかに広い公園も併設されている。レンガタイルで舗装された道を目的もなく歩いていると、賑《にぎ》やかな部員たちの声は徐々に夜の空気に薄まっていき、やがて聞こえなくなった。

ポツンポツンと等間隔で並ぶ外灯には、小さな羽虫が集っている。そこからできるだけ距離を取り、奏は設置されているベンチに腰かけた。足元には芝生《しばふ》が生い茂り、柔らかな葉が夜風に揺れている。頭上に浮かぶ月は白く、大きい。星々はまばらに点在し、深呼吸するかのように静かに瞬きを繰り返している。

奏はとくに何をするでもなく、漫然と思考の海へ潜った。今日起こった出来事を反芻《はんすう》し、これから起こるであろうことを想像する。久美子と真由《まゆ》、そのどちらがソリを担当すべきか。この議題が部内の大きな波乱の種になることは間違いない。

奏は久美子の奏者としての技量を認めている。その物腰の柔らかさから後輩から舐《な》められがちな久美子だが、実力は確かにある。そしてそれは真由も同じだ。二人とも上手《うま》い。その差を見つけるのが困難なくらいに。

無意識のうちに、奏は自身のこめかみを指で押さえた。関西大会を終えたその先、北宇治《きたうじ》が行き着くのはどういった結末となるのだろう。

数カ月後の未来に思いを馳《は》せていたそのとき、近づいてくる靴音を耳が勝手に拾い上げた。誰かが来る気配を感じ、奏は身構える。人けのない場所を探してここまでやってきたカップルだった場合、気まずくなることは目に見えている。

外灯に照らされた道の先を凝視していると、その人影が徐々に明確な形を取った。

「あれ、奏ちゃんだ」

響いた声に、奏は目を見開いた。やってきたのはペットボトルを手にした真由だった。夜だからだろうか、彼女は普段は下ろしている長い髪を緩くふたつに束ねている。

「こんなところで何やってるの？」

小首を傾《かし》げる真由に、奏は閉口した。何もしていないが正解だったが、それを口にするのはなんとなく憚《はばか》られた。

奏は意図的ににっこりと口角を上げる。

「夜空を眺めていただけですよ。今日は素敵な夜になりそうですから」

「確かに、家の近くより星が綺麗《きれい》に見えるよね」

そう言いながら、真由は当然のような顔で奏の隣に腰かけた。その距離の近さに内心でギョッとする。自分から距離を詰めるのは楽しいが、他人から詰められるのは好きじゃない。

「黒江《くろえ》先輩はどうしてここに？」

「ん？　お散歩だよ。私、この合宿所に来たの初めてだから、いろいろと新鮮で。北宇治御用達《ごようたし》の施設なんでしょ？」

「御用達というほどでは。これまで何度か、合宿で利用しているだけですよ」

「ってことは思い出の場所なんだね」

「そうかもしれないですね」

否定するのも面倒で、奏は笑顔を作り、うなずいた。彼女の言う「お散歩」という言葉をどこまで真に受けていいかを考えながら。

真由はペットボトルの蓋を開けると、静かに口をつけた。透明な液体が外灯の光を反射する。中身は多分、水だった。

「奏ちゃんってさ、私のことどう思ってる？」

直球な質問に、息を呑《の》む。真由の横顔は凪《な》いだ湖畔のように穏やかで、その真意が探りきれない。

「どう、というのは？」

「私、みんなと仲良くなれてるのかなぁって気になって。あ、もしも私に嫌なところがあったら遠慮なく言ってね。私、できるだけ直すから」

そういうところが嫌なんですよ、とはさすがに言えなかった。真由の言葉はいつもそうだ。本人はこちらを気遣っているつもりなのだろうが、言われたこちらはいつの間にか悪者にされる。私は下手に出てるからね、という無言の圧力。

「黒江先輩はそのままでよろしいのでは？　他人のために自分を変える必要なんてありませんし」

「そうかな？　それで奏ちゃんに好きになってもらえたら私はうれしいし」

「……私だけでなく、久美子先輩からも好かれたいです？」

「もちろん。私、みんなと仲良くしたいの」

ペットボトルを膝の上に置き、真由は口元の前で両手を重ね合わせた。みんなと仲良くするなんてことが夢物語であるのは、奏は幼稚園生のころから知っている。だが、真由はそうではないらしい。

奏は肺から深く息を吐き出す。彼女に悪気がないところが厄介だった。彼女が本当に無力であれば、彼女自身が望むように無害な存在でいられただろうに。有能な人間は、よくも悪くも人間関係に影響を及ぼす。

「黒江先輩は、どういった目的で吹奏楽部の活動を行っているのですか？」

「目的って？」

「久美子先輩におっしゃっていたじゃないですか。もし久美子先輩が望めばソリストを代わると」

「あぁ。うん。だって、久美子ちゃんが吹くのでも問題なさそうだし」

「だとすると、黒江先輩は何を思って吹奏楽部で努力をされているのでしょう？　少しでも演奏を評価されることを望むならば、ソリストの座を自分から手放すなどという発想は出てこないと思うのですが」

それは、奏がずっと尋ねてみたいことだった。その返答次第では、奏は真由を永遠に軽蔑してしまうかもしれない。

真由はわずかに頭を傾け、考えるように目を伏せた。薄い瞼《まぶた》を縁取る睫毛《まつげ》は長く、先端に行くに従って細くなっていた。形のいい唇が、そっと開く。

「同窓会に呼ばれたいんだ、私」

「……はい？」

その言葉の意味がわからず、奏の眉間には勝手に皺《しわ》が寄った。動揺をごまかすように奏は意図的に口角の筋肉を上げる。

「どういう意味でしょうか？」

「そのままの意味だよ。卒業して何年かたって、吹奏楽部で集まることとかあると思うんだ。そのときにみんなの輪のなかにいられたらうれしいなって思ってるの。私はね、大会がいい結果になれば学生生活に満足する部員が多いだろうし、そしたら卒業後にみんなで集まる可能性も高くなるでしょう？」

「それはそうかもしれませんが……」

「私は、いまの毎日をいい思い出にするために部活を頑張ってる、っていうのがいちばん正確なのかもしれない。だから正直、私が吹いても久美子ちゃんが吹いてもどちらでも構わないの。それで北宇治にとって素敵な思い出ができるなら、私にとっていちばんうれしい」

はにかむように微笑する真由に、嘘の気配は微塵《みじん》もない。その双眸《そうぼう》の奥底をのぞき込んでみたら、そこにあるのはなんなのだろうか。善意で封をされている、彼女の本性のパンドラの箱。

「黒江先輩は、執着心があまりないのですね」

「そうなのかな？　自分ではよくわからないけど。あ、でも、昔、友達に注意されたことはあるかな。『ハッピーエンドが好きすぎる』って」

その言葉を聞いた途端、奏はいままで不明瞭だった黒江真由という人間の輪郭が自分のなかで明確に形作られていくのを感じた。ハッピーエンド。まさしくそれだ。真由の思考はつねに学生生活の終わり方を見据えたもので、だからこそ『現在』を重視する奏や久美子たちと認識がズレる。

彼女のまるで傍観者のような物言いも、きっとその意識から生まれている。誰がソロを吹くかより、そのせいで空気が悪くならないことのほうが重要。だって、そのほうが過ぎ去った青春を振り返ったときにいい思い出になるから。みんなにとってのハッピーエンドだから。

だから、その行いは彼女のなかですべて正しい。

やけに喉が渇き、奏は口内にたまった唾を飲み込む。もしもいまの推察が正しいのであれば、真由の意識を変えるのは不可能に近いだろう。たとえ、久美子の手をもってしても。

「私たちにとってのハッピーエンドは、黒江先輩が闘志に目覚めることでしょうか」

皮肉を込めて告げた奏に、真由は「闘志かぁ、あんまり感じたことないかも」と少し困ったように眉尻を下げた。私たち。その言葉に、奏は真由を含めるつもりはない。

ベンチから立ち上がり、ジャージ越しに太ももを手で払う。こちらを見上げる真由が緩慢な動きで瞬《まばた》きした。

「もう行っちゃうの？」

「そろそろ花火大会も終わりの時間でしょうから」

「そっか。じゃあ、私も行こうかな」

当然のようにそう言って、真由は奏の隣に並ぶ。その髪から漂う甘ったるいシャンプーの香りは、奏のそれと同じだった。

五　ドライブ

大学生の夏休みは長い。

高校生のころは部活に夏期講習に受験勉強にと大忙しだったが、大学生になると途端に時間の使い方を強制されることが少なくなる。後期の講義が始まるのは九月末で、それまでは何をしてもいい。アルバイトでも、サークル活動でも、ボランティアでも、研究でも、遊びでも。

「旅行に行きたーい！」

そう高らかに宣言したのは、バンドの練習終わりで疲労困憊《ひろうこんぱい》の優子《ゆうこ》だった。ギターケースを背中に背負う彼女は、コンビニで買ったスムージーを片手になぜか鼻息荒く夏紀《なつき》を見た。

「何、急に」

夏紀もまた、その背中にはベースの入ったケースを背負っている。同じ大学に入った二人は軽音楽サークルにそろって入会し、ガールズバンドを結成した。べつに夏紀と優子が一緒にバンドを作る必要はなかったのだけれど、ノリと勢いでそうなった。

「なんかさー、海欲がすごい」

「海欲って……そろそろクラゲが出る時期やけど？」

「海水浴しいひんかったら大丈夫でしょ。優雅にオーシャンビューの温泉とか、入っちゃったりしてさ」

た。

「ふーん？」

「ふーんって何よ」

「いや、優子にしてはいい提案やなと思って」

「〃にしては〃は余計なんですけど？」

唇をとがらせる優子をスルーし、夏紀は手に持っていたカフェオレをストローで吸う。ストローがプラスチックカップの底に当たり、ずごごと地鳴りのような音を立てた。

旅行という二文字は、大学生になって急に身近なものになった。高校生までは旅行というのは家族や親戚と行くもので、その行き先はほとんど大人が決めていた。大人の都合に合わせたスケジュールで、大人の都合に合わせた予算。それがいまはどうだ。目的地も、予算感も、一緒に行く相手も、自分で決めることができる。

大学生になり、夏紀も優子もバイトを始めた。するとこれまではお年玉で一年に一度しかもらえなかったような金額が、自分の口座に毎月振り込まれるようになった。バイトは性に合っている。費やした時間が、賃金として視覚化されるから。

「二人やと宿代高いから、あと二人くらい人数増やそう」

優子の言葉に、「じゃあ、みぞれと希美《のぞみ》でも誘う？」と夏紀はポケットからスマホを取り出す。あの二人とやり取りするのは、八月に音大のコンサートを聞きに行ったとき以来だ。ソリストを務めるみぞれは、堂々としていて立派だった。

最近は同じ大学の友達と遊ぶ機会が増えたが、代わりに違う進路を選んだ高校時代の友達と会う頻度がめっきり減った。それを寂しく思いつつも、当然のように受け入れている自分がいる。

人間関係には旬がある。近づいたり離れたり。だけど、会わなくなったイコール仲良くなくなったというわけではない。ただ、関係のあり方が変わっていくだけ。

「ええな。二人にどこ行きたいか聞こ！」

「今？」

「そりゃ今でしょ」

そう言って、優子は夏紀の手元のスマホをのぞき込んだ。夏紀はＳＮＳのトークグループに、『九月くらいに四人で旅行行かん？』とメッセージを送る。ちょうどスマホをいじっていたのか、返信はすぐだった。

『旅行ええやん！　行く行く！』とビックリマークつきで返してきたのが希美。

『行く』と端的に二文字だけを送ってきたのがみぞれだ。

『優子が海見たいって言ってんねんけど、行きたい場所とかある？』

『ってか、いま二人でいるん？　相変わらず仲良しやなぁ』

『たまたまですけど？』

『はいはい笑』

夏紀がメッセージを送るたびに、希美がすぐさま返信する。隣にいる優子は文字を打つのが面倒なのか、やり取りを夏紀に任せたままだ。

『行きたい場所かー、金欠やから沖縄とかはキツイかも』

希美の言葉に、『飛行機代高いしな』と夏紀も返す。そのとき、沈黙を守っていたみぞれのアイコンが突如として表示された。

『和歌山』

吹き出しに浮かぶ三文字に、夏紀は目を瞬《しばたた》かせた。隣にいる優子は「和歌山いいやん！」と嬉々《きき》として両手を重ね合わせている。相変わらず、優子はみぞれに甘かった。

『なんで和歌山？』とすぐさま希美のコメントが表示される。

『パンダ』

『みぞれ、パンダ見たいんや。じゃあ南紀白浜《なんきしらはま》でいいんちゃう？』

『が』

『海も綺麗《きれい》やし、海鮮丼も食べれるし！』

『見たい』

『あと温泉もあるしね！』

みぞれがコツコツと文字を打ち込んでいるあいだに、希美が怒涛《どとう》の勢いでコメントを送っている。互いのペースはまったく噛み合っていないが、和歌山に行きたいという気持ちが二人とも同じであることは間違いなさそうだ。

「じゃ、和歌山にしますか」

隣にいる優子にそう問いかけると、彼女はすでにスマホで和歌山の観光地を調べていた。「めっちゃ美味《おい》しそうなジェラート屋さんがある！」とサイトをブックマークしている。

『じゃ、和歌山に決定で！』

そう夏紀が送ると、二人から楽しげなスタンプが送られてくる。優子はちゃっかりと自分の行きたい店のURLをトークグループに送りつけていた。

そして旅行当日。一泊二日の和歌山旅行は、快晴の下で始まった。九月の平日ということもあり、和歌山へつながる高速道路は空《す》いている。軽快に左車線を走りながら、夏紀はサングラスをかけ直す。スピーカーからは人気バンド・アントワープブルーの最新曲が流れていた。優子のチョイスだ。

「夏紀、運転疲れてない？」

後部座席に座る希美が、わずかに身を乗り出す気配がする。フロントミラーを一瞥《いちべつ》し、夏紀は「全然平気」と口角を上げる。希美の隣にはみぞれが座っており、先ほどサービスエリアで買ったラムネソフトを黙々と食べていた。

今日の旅行のために借りたレンタカーは、スカイブルーが可愛《かわい》いらしい四人乗りの軽自動車だ。夏紀もいつかは自分の車を持ちたいと思っているけれど、いかんせん一介の大学生には値段が高すぎる。

「ほら、口開けて」

「ん」

助手席に座る優子が、夏紀の口に売店で買ったポテトを押し込む。揚げてから時間がたっているのか、その表面はしなしなしていた。

「夏紀も優子も免許持ってるのいいなー、いつ取ったん？」

「夏休みの最初のころにね。優子と一緒に兵庫の免許合宿行ってさ」

「へえ！　楽しかった？」

「かなりよかった。部屋がツインで、近所に温泉とかもあって」

「最高やん」

「希美は取らへんの、免許」

「欲しいとは思ってるけど、時期悩んでる。オケ部の練習とバイトで予定ぎゅうぎゅうやからなー。みぞれは免許とか考えてる？」

希美の問いに、みぞれはゆっくりと瞬《まばた》きする。その手のなかにある水色のソフトクリームはすでに半分ほどなくなっていた。

「免許、もう持ってる」

「えっ！」

奇《く》しくも三人分の声が車内で重なった。優子なんて、動揺のあまり膝にポテトを落としている。慌ててスカートをウェットティッシュで拭う彼女をよそに、夏紀はフロントミラー越しにみぞれを見た。

「いつ取ったん？」

「この前」

「みぞれももう大人やなぁ」

優子がしみじみと言う。子供の卒業式に参列する保護者みたいな口ぶりだ。

「試験、難しくなかった？」

希美の問いに、みぞれは「平気だった」と淡々と答えている。みぞれが無表情のまま教官とともに運転に励む姿を想像すると、少し可笑《おか》しかった。

「じゃ、帰りはみぞれに運転してもらいますか」

「できる」

「それ、ちょっとドキドキするかも」

希美が心臓に手を当てながら言う。「確かに」と珍しく優子が希美に同意した。夏紀の勝手な見立てではみぞれは意外と運転ができるタイプに見えるが、実際のところはよくわからない。ハンドルを握ると性格が豹変《ひょうへん》する可能性もある。

やっぱり帰りも自分が運転しようと、夏紀は密《ひそ》かに心に決めた。

「今日ってさ、パンダ見る以外の予定決まってるんやっけ？」と希美が黒髪を束ね直しながら尋ねる。

「全然。明日海行くのは確定やけど」

「そっか。じゃ、着いてからどうするかも決めなあかんな」

温泉つきの宿に決めたのはいいが、食事ありだと高くなるため今日は素泊まりなのだ。決めるべきことはたくさんある。

優子は今日のために買ったガイドブックをダッシュボードに広げると、ドッグイヤーのついたページをパラパラとめくった。

「お昼は海鮮丼でいいやんな？　ちょうどいいところある」

「優子、調べてくれたん？　さすがは元部長、面倒見がいい」と希美が感心したように笑う。

「元部長は関係ないでしょ。あと、希美だって元部長やし」

「こーんながさつそうに見えんのに、元部長サンは意外とマメなんよなぁ」

「だから元部長は関係ないっての！」

希美のノリに夏紀が乗っかると、優子はわざと拗《す》ねたように頬を膨らませた。一連の会話を聞いていたみぞれが、フッと口元を綻《ほころ》ばせた。そのまま肩を震わせ始めたみぞれに、三人分の視線が集中する。いったい何が可笑しかったのか、みぞれは肩を揺らして笑っていた。

「なになに、どれがツボやったん」

慌てる優子を見ていると、なぜか夏紀まで笑いが感染した。理由はないが、愉快な気持ちが込み上げてくる。あはは、と噴き出した夏紀に、希美までもが声を上げて笑い始めた。

「なんか、勝手に盛り上がってるんですけど！」

一人置いてきぼりにされた優子が、抗議するように腕を上げた。

「ごめん、急に笑えてきて。——あ、見て。海が見えてきた」

「本当だ。みぞれ見て、海！」

希美がみぞれの袖口を引っ張り、窓を指差す。みぞれは窓に張りつくように顔を近づけ、「おおー」と短い感嘆の声を漏らした。

「めっちゃ綺麗やん。足つけるくらいならいまの時期でもいけるんちゃう？」

助手席から夏紀越しに、優子が窓の外を見る。真っ青な海面が日差しを受けてキラキラと輝いている。

「クラゲに刺されて泣かへんのやったらいいけど」

「それは夏紀のほうでしょ。あ、そういえばさっき飲むゼリー買ったんにゃけど飲む?」

「買ったん『にゃ』?」

「噛んだの! もう、アンタには選ばせてあげへんからね。ほらみぞれ、何が飲みたい? みかん、みかん、みかん、じゃばら味があるけど」

「ほぼみかんやん」

「だからアンタには聞いてへんって」

「……じゃばら」

みぞれの答えに、優子が嬉々としてパウチ型の飲むゼリーを渡している。その中身はすべてがオレンジ色で、正直、見た目からでは違いがまったくわからなかった。

「ってか、じゃばらって何なん?」

「カボスみたいな柑橘《かんきつ》やって。日本では和歌山の北山村《きたやまむら》にしか自生してへんかったらしい」

「えー、レアやん。私もそれ飲みたい。みぞれ、あとでひと口ちょうだい」

「わかった」

こくりとうなずくみぞれに、優子が「あげんでもいいからね」と余計なことを言っていた。

視線を上げると、この先のジャンクションが表示されている。分岐する道路を無視し、夏紀はアクセルを踏んだ。エンジンが音を立てて、軽自動車が緩やかに加速する。目的地までの道のりはまだまだ長い。だが、こうして狭い車内でみんなと過ごす時間が、夏紀は結構好きだった。

六　彼岸花の亡霊

彼岸花が咲いている。赤い花弁は上向きに垂れ、まるで花火を逆さにしたみたいだ。校舎の裏庭に咲く一輪の花を、求《もとむ》はしゃがみ込んで眺める。どうしてこんなところに咲いているのだろう。花壇に植えられた明らかに手入れされた植物たちとは違い、その花はぷんと妖艶な気配をまとっている。

影に呑《の》み込まれたコンクリートの地面は、九月だというのにひんやりとしていた。耳を澄ますと、校舎のほうから文化祭の喧騒《けんそう》が聞こえてきた。文化祭は苦手だ。普段は親しくないクラスメイトたちとも強制的に関わりを持たせられるから。とくに、求は女子があまり得意ではなかった。一方的に好意を向けられ、一方的に失望される。

中学時代、龍聖《りゅうせい》は男子校だったから、共学の北宇治《きたうじ》とは雰囲気が違った。体育はやたらと厳しかったし、生徒に対する扱いもどことなく雑だった。だけど、その雑さが居心地よくもあった。純度百パーセントの楽しさの塊があちこちに土のついたじゃがいもみたいにゴロゴロと転がっていて、それを蹴飛ばしたりそれにつまずいたりする日々だった。

「お前、さっさと歩きすぎやぞ」

響いた声を、求は聞こえないふりをした。一輪だけ咲いている彼岸花をじっと凝視する。

昔、姉が彼岸花を家に飾ったことがある。姉の趣味ではなく、小学校の美術課題のモチーフだった。ダイニングテーブルに堂々とクロッキー帳を広げ、彼女は水彩色鉛筆を紙にこすりつけるようにして絵を描いていた。赤い粉がテーブルに散るさまは、火の粉のようにも見えた。

『彼岸花を家に飾ると火事になる』

そんな迷信を聞いたことがあったが、求は口にはしなかった。楽しそうな姉に水を差したくなかったからだ。求が正面の席に座ってじっと姉の手元を見つめていると、視線に気づいた姉が不意に顔を上げた。真剣だった眼差《まなざ》しが和らぐ。その唇が、歌うように言葉を紡いだ。

「求も好きなようにやっていいんだからね」

それがどういう意図を持った言葉だったのか、求はいまでもわかっていない。大好きな音楽。大好きな学校。大好きな友達。大好きな家族。当時の姉は自分の好きなものに囲まれながら、ごく普通の生活をしていた。求も、そしてきっと姉も、その生活が永遠に続くと漠然と思い込んでいた。

「なんで二人で話すってだけでこんなとこまで来なあかんねん」

求が回想に浸っているあいだにも、声の主は近づいてきていた。がさつな足音には覚えがあり、求は深々とため息をつく。観念して顔を上げると、そこには謎のプリントを手にした樋口《ひぐち》がいた。龍聖学園高等部に通っている彼は、求とは初等部のころからの付き合いだ。

求は立ち上がり、スラックスについた砂埃《すなぼこり》を手で払った。樋口の顔を見ようとすると、その位置はずいぶんと高いところにあった。

「だって校舎内やと誰に話を聞かれてるかわからんし。あと、樋口と一緒にいるところを見られたくない」

「失礼なやっちゃなあ」

「三組まで会いに行ってやってんし、感謝して。黄前部長の頼みじゃなかったら無視してた」

「なんでやねん！」

樋口はわざとらしいくらいに大きく身をのけ反らせた。樋口が道化めいた振る舞いをするのは、決まって何か後ろめたいことがあるときだ。

顎を引き、求は大きくため息をつく。瞬《まばた》きすると、自身の睫毛《まつげ》が伸びた前髪に微《かす》かに触れた。

「それで？　なんで樋口が黄前部長と話を？」

「あー……偶然会ってさ。俺が謎解きやってたら、たまたま部長さんが来はって。いやー、あの人めっちゃ優しいな。俺みたいなようわからんやつにも親切やし。強豪校の部長ーって感じのオーラバリバリで――」

「なんか余計なこと言った？」

　あからさまに動揺する樋口から、求は視線を逸《そ》らさなかった。樋口は手にしている紙を閉じたり開いたりを繰り返していたが、やがて観念したように小さく口を開いた。

「その……求と仲良くしてやってくださいって。源《げん》ちゃん先生のこととか姉ちゃんのこととかいろいろあったけど、北宇治で頑張ろうって思ってる気持ちは本物なんでって」

「姉さんのことまで言ったん？」

　にらんでしまったのはほとんど反射だった。求の声色が厳しくなったのを察し、樋口が「はい……」と背中を丸める。

「ってか、求は言うてなかったんかよ」

「そんなプライベートなこと、部長に話す必要ないし」

「俺、てっきり部長さんも知ってはるんかと……。だってあの人、俺の話聞いてもめっちゃ普通にしてたから」

「そりゃ顔に出さないくらい平気でやれるでしょ」

「はー。ぽやーってしてる雰囲気やったけど、意外とやり手やねんな」

「有能じゃなきゃ北宇治の部長なんてやれへんって」

「それもそうか」

どこか感心したように樋口がつぶやく。「まったく」とつぶやく求の声には、勝手にため息が混じっていた。樋口は昔からこういうやつだった。本人は気遣いのつもりで動いているのだが、余計なお世話であることも多い。

「求はさ……その、どうなん」

「どうって何が」

「北宇治で上手《うま》くやれてる？」

「やれてる」

即答したのは意地でもあった。二年前の自分の決断が正しかったと、龍聖の人間に思われたい。

「あのコンバスの先輩と仲良さそうやったもんな」

「緑《みどり》先輩のことを口にすんな」

「なんで？」

「お前の口から聞くとムカつくから」

「理不尽やろ！」

樋口から今日いちばんの声量が出た。求はとっさに耳を手で塞ぐ。樋口はその場に脚を開いてしゃがみ込むと、自身の太ももの上に両肘を置いた。

「こういうこと言っていいかわからんけど、あの先輩、お前の姉ちゃんにちょっと似てるよな。オーラがあるっていうか」

「………」

黙り込んだ求を見て、樋口はふとその眼差しを和らげた。

「なあ求、龍聖に戻ってこいよ」

「戻らへんよ」

自分で思ったよりも、冷静な声で返事ができた。樋口がこちらのことを想って言ってくれているのは理解している。まとわりつく後ろめたさは、もはや呪いのようだった。

「俺は、北宇治の人間やから」

「でもさ、龍聖の人間でもあるわけやんか、途中までは」

「まあ、それは事実やけど。でも、龍聖やと俺は俺でいられへんから。あそこにいると、自分のことを好きになれへん」

「北宇治やとなれるん？」

「……多分？」

「なんで疑問形やねん」

どこか寂しげに笑いながら、樋口は立ち上がった。そのまま彼は、求の背中をバシバシと軽く叩《たた》く。シャツ越しにその手のひらの熱を感じた。

思わず顔をしかめた求に、樋口は顔をくしゃくしゃにして笑ってみせた。

「今日さ、しゃべれてよかった」

「俺はべつによくないけど」

「素直になれよ」

「…………」

「俺だけじゃなくて龍聖のみんなもさ、求が望むならいつでも戻ってこいって思ってるから。源ちゃん先生も。みんな、お前のこと応援してる」

相手の顔を見ていられず、求は目を伏せた。萌黄《もえぎ》色のスニーカーの隣で彼岸花が揺れている。

今日の話を、樋口は祖父にするだろうか。

祖父と自分との関係。いつかは向き合わなければいけない問題だと求も頭ではわかっているのだが、一日でも先送りしたいと思ってしまう。

胸中の感情は複雑に絡まりすぎていて、直視に堪えない。

「俺の応援なんてしなくていいから、自分たちのこと頑張れば」

思ったよりも素っ気ない響きになってしまった求の言葉に、樋口は静かに眉尻を下げた。意図的に上げられた口角からのぞく白い歯列は、犬歯だけが少し出っ張っている。

「友達やねんから、応援くらいはさせてくれよ」

そう告げる樋口の口調はさっぱりとしていた。大人な対応に、求は自分の振る舞いが幼稚に思えていたたまれなくなる。

しかし、だからといって社交的な対応をしようとは思えない。できないものはできないし、無理なものは無理だ。社会に上手く適応できるほど、自分は器用な人間じゃない。

――求も好きなようにやっていいんだからね。

不意に耳底に蘇《よみがえ》った声に、求はハッとして動きを止める。鼓膜に刻み込まれている懐かしい声音は、求の姉のものだった。徐々に薄らぎ始めている、記憶のなかにだけ存在する声。

大きく息を吸い込み、肺を動かす。すぐ隣にいる樋口は、何も言わずに黙って求に寄り添っている。その労《いたわ》りに満ちた視線から逃れるように、求は足元に咲く彼岸花を見下ろした。

燃えるような鮮やかな赤を、求はこのうえなく美しいと感じている。――いまはまだ。

七　賞味期限が切れている

転校は慣れっこだった。引っ越しも、友達との別れも。

父は大手企業に勤めており、母は専業主婦。二人とも優しく穏やかな性格で、そんな両親から生まれたのが真由《まゆ》だった。本当は真由には三歳下の妹ができるはずだったが、流産したために一人っ子になった。母は「真由さえいれば、それだけで充分幸せよ」とよく言った。真由自身も、妹や弟が欲しいと思ったことは一度もなかった。経済的な苦労は何ひとつなかった。習い事はなんでも通わせてもらったし、欲しいものはなんだって買ってもらった。旅行はしょっちゅうで、夏休みは海外で過ごすのが恒例だった。

父の転勤は、二年から三年に一度のペースで行われた。真由が小学生になる前に、東京で家を買って父だけ単身赴任するのはどうかという話が出たが、「家族一緒じゃないと寂しいわよ」という母のひと言で立ち消えになった。真由も、父親と離れ離れになるのは嫌だった。家族みんなが仲良しなことが、何よりも大切だと思うから。

転校を繰り返した真由には、全国各地に友達がいた。そのなかにはずっと付き合いがある子もいれば、いつの間にか連絡を取らなくなった子もいる。

年始のあけおめのメッセージが届かなくなると、真由はいつも切なくなる。彼女たちの『友達』というフォルダから、自分が削除されてしまったことを察するから。

真由はあまり人から叱られたことがない。そもそも叱られるような悪いことはしないし、学業も運動も人よりできるほうだった。誰かに罵声を浴びせたことも、浴びせられたこともない。

人を嫌ったことがないのは、両親の教えのせいかもしれない。

「人の悪いところを見つけるのは簡単よ。だけど、真由には人のいいところを見つけられる人間になってほしい。嫌いな人がたくさんいる人よりも、好きな人がたくさんいる人のほうが幸せになれるだろうから」

本当にそのとおりだと思う。少し嫌な部分があったからといって相手を嫌いになっていたら、嫌いな人に囲まれた人生になってしまう。真由はみんなと仲良くしたい。この世界に存在する誰一人として嫌ったり嫌われたりしてほしくない。

小学六年生のとき、真由は東京の小学校から地方へと転校した。小学生で三度目の転校だった。のどかな地域で、グラウンドは東京のそれよりも何倍も広かった。一学年はだいたい七十人ほど、彼らはそのほとんどが昔からの顔見知りだった。

「黒江《くろえ》真由です。今日からよろしくお願いします」

新しい教室で頭を下げると、温かな拍手が返ってくる。真由はあまり注目を集めるのが好きでないため、転校時の挨拶が苦手だった。だが、注目されることのメリットも多い。

「真由ちゃん、一緒にご飯食べよー!」

「うん」

クラスには誰かしらしっかり者の子がいて、転校生の真由に親しくしてくれる。真由が一人にならないようにと気遣ってくれ、少しずつ友達の輪も広がっていく。

「おはよう」

それが起きたのは突然だった。登校した真由がいつものように友達に挨拶すると、ぷいと顔を逸《そ》らされた。聞こえなかったのだろうかと思い、もう一度「おはよう」と声をかける。が、相手からの返事はない。

無視された。その事実を正しく認識した瞬間、真由はとても悲しい気持ちになった。誰かに意地悪されたことなんて初めてだった。

友達の名は、瑠璃葉《るりは》ちゃんといった。明るい性格でみんなを引っ張っていくクラスの中心的存在。そんな彼女が真由に冷たく当たるようになったせいで、仲良しだったクラスの空気は少しずつギクシャクし始めた。

「瑠璃葉ちゃん。私、何かしちゃったかな?」

真由が尋ねても、瑠璃葉は答えない。それでも真由はくじけなかった。

もしかしたら真由が知らないあいだに彼女にひどいことをしていて、それで怒っているのかもしれない。でも、最初は仲良くできていたんだから、こちらが嫌わなければ瑠璃葉だっていつか前の態度に戻ってくれるはずだ。

「おはよう」「昨日の宿題、難しかったよね」「私、何かひどいことしちゃったかな」「嫌な気持ちにさせたならごめんね」「私、瑠璃葉ちゃんとまた仲良しになりたいな」

何度無視されても、真由は毎日のように彼女へ話しかけた。

「悪いところがあったら言ってね、すぐ直すから」

それは真由の本心だった。知らず知らずのうちに自分が誰かに悲しい思いをさせていることに耐えられない。

それでも瑠璃葉の態度は変わらない。そうした日々が一カ月ほど続くと、クラスメイトたちの反応も少しずつ変化してきた。

「ってか、瑠璃葉ちゃんひどくない？」

「真由ちゃんがかわいそう」

その言葉に続いて、一人のクラスメイトがぽつりとつぶやく。

「でも仕方ないよ。瑠璃葉もかわいそうだから」

そこで声量を落とし、女子たちはヒソヒソと内緒話をする。「あー」「それは……」矢継ぎ早に飛び交う相槌《あいづち》に、真由は話の内容が気になって仕方がない。噂《うわさ》話は好きじゃなかった。たいてい、いい内容だったことがない。

「黒江さん、あんまり気にしないようにね」

「そーそー！」

席に一人でいると、クラスメイトの男子たちが真由のことを気遣うように話しかけてくれる。ほかのクラスメイトたちは好きな人がどうだとよく話題にしていたが、真由はそうした恋愛事には疎かった。男子と女子は同じ人間というくくりであって、性別によって相手に対する考え方を変えることはなかった。

時間がたつにつれ、真由は徐々に男子とともに過ごすようになった。女子たちが瑠璃葉に気を遣って真由を避けるようになったのだ。真由は気にせずにこれまでどおり過ごそうと努めていたが、向こうから避けられてしまってはどうしようもない。

人間関係は理不尽だ。こちらに何ひとつ落ち度がなくとも、勝手に扱いが変えられる。

両親には相談しなかった。真由が学校で浮いていると知れば、二人はひどく悲しむだろうから。

落ち込んでいた真由だが、寂しくはなかった。友達はべつに、女子だけにこだわる必要はない。性別を越えた友達が、真由にはたくさんいる。

――そう思っていたのだが、その考えは一方通行だったようだ。

「俺、黒江のことが好きです！」

そう言って告白してきたのは、クラスメイトの西村《にしむら》君だった。真由が告白されたのは今月に入ってすでに二人目。友達だと思っている相手から恋愛感情をぶつけられるのは、うれしさよりも困惑が勝った。

「ごめんね。私、付き合うとかよくわからなくて」

真由は恋愛よりも、みんなと一緒にドッジボールがしたかった。男女が一緒になって無邪気に鬼ごっこやケイドロをしたあのころに戻りたかった。

どうして普通の友達でいられないんだろう。真由はただ、全員が仲良しだったらいいのにと思っているだけなのに。

西村から告白された三日後、放課後の校舎裏に瑠璃葉から呼び出された。真由はうれしかった。呼び出しということは、ついに彼女と話せるということだ。

真由はその日、普段よりもおめかしをした。祖母が買ってくれた、たっぷりとフリルのついたパステルカラーのワンピース。瑠璃葉に少しでも素敵な人間だと思われたかった。

そして校舎裏に行くと、瑠璃葉は三角座りをして真由を待っていた。ふたつに結われた黒髪が、彼女の頬の横で揺れている。真由が近づくと、瑠璃葉は警戒したように慌てて立ち上がった。紺色のキュロットスカートからのぞく膝小僧には、すりむけた痕が残っていた。

「真由ちゃん」

それだけ言って、瑠璃葉はむっつりと口を引き結んだ。癇癪《かんしゃく》を起こす寸前のように、その唇がわずかにわななく。校舎裏に人の気配はほかになく、風に揺れる木々の葉音が静寂のなかに響いていた。

「あの、瑠璃葉ちゃん。私、何かしちゃったかな」

「何かって？」

「ずっと私のこと避けてるみたいだったから」

瑠璃葉はじっと真由を見つめる。短い前髪が、彼女の額を半分ほど隠していた。

「……真由ちゃん、なんで西村の告白を断ったの」

「え？　だって、西村君は友達だから」

「ずっと仲良さそうにしてたじゃん。それで振るとか、アイツのこともてあそんでただけってことでしょ」

もてあそぶ。予想外の言葉に、真由は硬直した。そんなつもりはないし、真由は誠実に彼の告白に対応したつもりだった。

「そんなわけないよ」

「そんなわけあるって！　前々から思ってた、真由ちゃんって男子からチヤホヤされるのが好きだよね」

「普通に一緒に過ごしてただけだよ。私が一人でいるから、みんなが気を遣ってくれただけで」

　そもそも、そうなる原因となったのは瑠璃葉だ。困惑する真由を、瑠璃葉はきつくにらみつけた。

「それをチヤホヤって言ってんの！　男子とか、真由ちゃんのこと可愛《かわい》い可愛いって馬鹿みたい。西村だって、ずっと私のこと好きって言ってたのに、真由ちゃんが転校してきたら急にそっちばっかり構うようになって」

　早口でまくし立てられた言葉を、真由はゆっくりと噛《か》み砕いて呑《の》み込む。

「もしかして、瑠璃葉ちゃんって西村君のことが好きなの？」

「………………」

「だったらごめんね、私のせいで。西村君にはこれからも友達でいようって言ってあるし、もし瑠璃葉ちゃんが望むなら私もこれから瑠璃葉ちゃんの恋を応援するよ。だから瑠璃葉ちゃんも――」

「しなくていい！　真由ちゃんは何もしないで」

　真由の声を遮り、瑠璃葉はその場で地団太を踏んだ。どうするのが正解かわからず、真由は困り果てて眉尻を垂らした。

　真由はただ、瑠璃葉と仲良くしたいだけなのに。

「私、どうしたらいいのかな。瑠璃葉ちゃんを不愉快にさせたなら、謝るよ。瑠璃葉ちゃんが嫌だと思うことは全部やめる。それじゃダメかな？」

瑠璃葉は唇を噛み、それから急に真由の腕をつかんだ。袖越しに感じる鈍い痛みに、真由は思わず眉をひそめた。

「痛いよ？」

「全部やめちゃうとか、そんなこと言っていいの」

「え？」

「真由ちゃんはさ、プライドとかないわけ。さんざんひどい目に遭わされたのに、なんでそんなこと言えるの？　こっちのことおちょくってる？」

「違うよ。私、本当にそう思ってるの。瑠璃葉ちゃんとまた仲良くなれたらそれがいちばんいいなって。それで、またクラスのみんながもとどおりになればうれしいし」

「じゃあ、男子としゃべるのやめて。女子がいればそれでいいでしょ」

「でも、男の子たちもお友達だし……」

「なんで？　さっきは私が嫌だと思うこと全部やめるって言ったじゃん」

それは確かに言った。真由は先ほどの台詞《せりふ》を反芻《はんすう》し、内心で首肯する。

「……わかった。そしたら、瑠璃葉ちゃんはまた私と仲良くしてくれる？」

「うん。私、約束は守るから」

そう言って、瑠璃葉は真由の腕から手を離した。だったらよかった、そう真由は思った。クラスのこの重苦しい空気が払拭されるなら、それ以上のことは望まない。

言いたいことを言い終えたのか、満足したように瑠璃葉がフンと鼻を鳴らす。真由はその肩に抱きつくように腕を絡めた。突然距離を詰められて驚いたのか、瑠璃葉がギョッとしたように一歩後ずさりする。

真由はにこりと彼女に笑いかけた。

「絶対だよ。私たち、これでまた仲良しだからね」

その約束どおり、翌日からの瑠璃葉は真由に対しても気さくに話してくれるようになった。ほかの女子たちはおずおずと様子をうかがっていたが、やがて二人が和解したことを察したのか、すぐに真由にも話しかけてくれるようになった。お昼休みも女子グループで食べられるようになり、休み時間に一人でいることもなくなった。

一方、男子との会話はほとんどなくなった。いつもどおり話しかけてくれる男子たちとの会話をそれとなく切り上げるのは胸が痛んだが、次第にその距離感が当たり前になっていった。真由が自分から男子に話しかけることはなくなり、向こうから話しかけられたときに控えめに対応するだけになった。それでも告白されることはしばしばあったが、真由はそのすべてを断った。

冬になるころには、瑠璃葉と西村が付き合い始めた。クラスメイトたちは彼らを冷やかしながらも、温かい目で二人の関係を見守った。

放課後、二人が手をつないで帰っているところを窓から眺めながら、真由は自分の行動が正しかったことを確信した。あのとき、瑠璃葉の言葉に従ってよかった。やっぱり、誰かが嫌な思いをするくらいなら、自分の振る舞いを直したほうがいい。そうすればきっと、みんなが幸せになれるから。

真由の小学校の卒業アルバムの余白ページは、みんなからの寄せ書きで埋め尽くされている。真由は父の転勤の都合で、中学生からは別の県にある中学校に進学することが決まっていた。みんなが別れを惜しむメッセージを卒業アルバムに書き込むなか、瑠璃葉だけがレターセットに入った綺麗《きれい》な手紙を真由にくれた。

その文のなかで、瑠璃葉は真由のことが大好きだと書いていた。真由はそれがとてもうれしく、宝物としてその手紙を自身の学習机の引き出しに仕舞った。

「いつまでも友達でいようね、私たち」

真由と瑠璃葉はそう言って、涙ながらに別れを告げた。だが、数年が過ぎたころには、自然と瑠璃葉からの連絡は途絶えた。彼女のなかで、友達の賞味期限が切れてしまったのだろう。

それから何度か転校を繰り返し、真由の転校生としての振る舞い方も板についてきた。中学三年生のときにはみんなと同じように受験をし、博多《はかた》にある清良《せいら》女子高校に入学した。吹奏楽部の強豪校というのが理由だった。女子校は初めてだったが、真由にはとても向いていた。異性がいることで生じるゴタゴタがないからだ。

清良女子の友達に瑠璃葉の話をすると、みんなが憤慨したように鼻息を荒くした。

「えー、何その子。自己中すぎでしょ」

「真由が美人なのにいままで彼氏できたことないのは、どう考えてもそのせいじゃん」

「異性と仲良くするのが悪と思うのは、恋愛こじらせの第一歩！」

矢継ぎ早に言われた言葉に、真由は目を瞬《しばたた》かせた。誰かの言うことに従っていると、また別の誰かの主張とぶつかり合う。

曖昧に微笑する真由の肩を、サックスパートの友人がガシリとつかんだ。

「とにかく！　その昔の友達の言うことは聞かなくていいから！　真由は自分が仲良くしたいと思う子と仲良くすればいいんだからね」

「う、うん」

彼女がそう言うのならば、きっとそれが正しいのだろう。確かに、性別によって相手への対応を変えるのはよくないことだ。素直にうなずく真由を見て、友人はなぜか心配そうに眉根を寄せた。「真由って、大学行ったら変な男につかまりそう」と彼女は言った。べつにつかまっても構わないのに、と真由は思った。

それからまた転校があり、真由は北宇治《きたうじ》へやってきた。北宇治で過ごす日々は楽しいが、ふとした瞬間に過去の友人たちのことを思い出す。友情は薄れていくものだ。そのシビアな現実を知っているからこそ、真由はいつまでもつながっている絆《きずな》が欲しかった。

一生ものの友達が。

～幕間・グラーヴェ～

歓声が、耳の奥で鳴りやまない。
込み上げる熱が頬を染め上げ、奏《かなで》の鼓動を速くした。歓喜が空気を震わせ、興奮は次々に伝播《でんぱ》する。

今日、北宇治《きたうじ》高校吹奏楽部は全国大会金賞を受賞した。

部員たちの喜びぶりはすさまじく、涙ぐんでいる者から号泣している者までいた。互いに抱擁し、これまでの努力と苦労を噛《か》み締め合う。長かった、と三年生の部員がつぶやくのが耳に入ってくる。ここまで来るのに、三年かかった。

閉会式を終えたあとということもあり、多くの学校が広場のあちこちで集まっていた。遠方からやってきた学校も多く、バスに乗り込んだあとは高速道路を使っての移動が待っている。それは北宇治も同じで、京都に到着するのは夜を予定していた。

セーラー服の袖口を引っ張り、奏は静かに息を吐き出す。バスが来るのを待っているあいだ、広場での自由行動となった。先ほどまでは鼻をすすりながら抱きついてくる梨々花《りりか》や、興奮を隠さない美玲《みれい》とさっきの相手などでなかなかに慌ただしかったが、それも一段落ついた。緑茶の入ったペットボトルを傾けると、たぷんと緑色の液体が揺れる音がする。それを熱を持った頬に押しつけると、ひんやりとして心地がよかった。

全国大会金賞。それは北宇治の悲願だった。最良の結果が出たことが喜ばしいのは間違いない。うれしい。部員たちの努力が報われたことが誇らしい。そう思っている一方で、心のどこかで悔しさを覚えている自分もいる。

自分も本番に出たかった。Ａメンバーとして久美子《くみこ》たちとともにあの舞台を、今年最後のコンクールを、五感のすべてを使って味わいたかった。

そんなことは、いくら考えても詮ないことだ。だから来年こそは、と奏は密《ひそ》かに拳を握り締める。誰にもバレないように、こっそりと。歓喜に沸く部員たちの空気に、自分の些末《さまつ》な感情で水を差すようなことだけはしたくなかった。

「奏ちゃん、お疲れ様」

「……黒江《くろえ》先輩」

いつの間に隣にいたのだろうか。スクールバッグを肩に下げた真由《まゆ》が、こちらに向かって微笑《ほほえ》みかけた。斜めに分けられた前髪の下で、その両目は柔らかに輝いている。

「金賞、本当におめでとうございます」

軽く会釈した奏に、「奏ちゃんの応援のおかげだよ」と真由は善人の極みのような台詞《せりふ》を口にした。その表情は清々《すがすが》しく、一切の濁りがない。彼女がこの大会ですべてを出しきったであろうことは明らかだった。

奏は真っ向から真由を見つめる。黒江真由という人間を。


全国大会のオーディションの結果、ソリストは久美子に決まった。オーディション前に彼女が行ったスピーチの熱量を、奏はいまでもよく覚えている。久美子は必死だった。多分、自分が信じているものを貫き続けるために。

だけどそれが真由に届いていたかどうか、奏は懐疑的だった。

黄前《おうまえ》久美子は、団体をまとめるという立場上、狡猾《こうかつ》なところもあるが、その根っこの部分は善良だ。基本的に、彼女は人間というものを信じている。本気で相手に向き合えば自分の言葉が相手に通じると心のどこかで思っているし、そのまっすぐさが彼女が北宇治高校吹奏楽部の部長たる理由でもある。久美子は優しい。そして甘い。

「オーディション、どの程度本気だったんですか?」

奏がその疑問を真由にぶつけたのは、オーディションの結果発表後のことだ。人けのない廊下で自主練習をしていたとき、たまたま真由が奏のもとを訪れたのだ。自分の音と他人の音が混じるのを避けるため、人のいない穴場を探して校舎をうろつく部員は少なくなかった。

奏の問いに、真由は驚いたように目を丸くした。その腕のなかで輝く白銀のユーフォニアム。そこに映り込む真由の輪郭は、ゆがんでいても美しい。

「そんなこと聞かなくてもいいんじゃないかなぁ」

トン、と真由が上履きに包まれた爪先で廊下を叩《たた》く。奏は開け放たれていた窓を閉めた。

「聞かせていただけないんですか？　私、気になってしまって」

「聞かせたくないとかじゃないんだよ。ただ、久美子ちゃんがソリストっていう結論がすべてじゃないかなって」

「それはつまり？」

「………………」

真由は曖昧に微笑した。ベルを下向きにしてユーフォを廊下に置き、彼女は奏の隣に並ぶ。窓からは無人の駐車場が見えるだけだった。

奏は後ろ手を組み、真由の顔を見上げるようにしてのぞき込む。

「私は黒江先輩がやってきたおかげでＡメンバーから外されたんですよ？　聞く権利

はあると思うのですけれど」

しくしくとわざとらしく目元に手を添えた奏に、真由は慌てたように肩を揺らす。

「それはごめんね。私も、奏ちゃんとAメンバーになりたかったんだけど」

「いえいえ、謝らないでください。実力主義の北宇治では至極当然のことですので。黒江先輩、本当にお上手ですもんね。私、黒江先輩の実力は間違いないと確信していました。先輩が入部したあの日、音色を聞いた瞬間から」

「そう言ってもらえるとうれしいな。私も奏ちゃんのこと上手だなって思ってたんだ。北宇治はこんなにユーフォニアム奏者の層が厚くて素敵だなって」

「そんな厚い層のなかでも活躍されている黒江先輩ですから、私も気になっているんです。貴方《あなた》に闘志があったのかどうか」

奏の問いに、真由は制服越しに自身の二の腕をつかんだ。藍色のセーラー服の生地が緩やかにたわむ。

「オーディションの前に、久美子ちゃんがみんなの前で話してくれたでしょう？　本気でやろうって、発破をかけて。私、それを聞いて本当に感動したんだ。久美子ちゃんは本当に部長にふさわしい人なんだなって。久美子ちゃんのことがますます好きになった」

「……それで？」

奏の問いに、真由は少し後ろめたそうに目を伏せた。その白い指先が口元に添えられる。

「私、前に久美子ちゃんに聞いたことがあるんだ。真由ちゃんの望みどおりにしてって言われて、私も困っちゃって。それで、『久美子ちゃんの応援をしたいっていう私の本音は、無視されちゃうの？』って」

「まあ、そんなことをお尋ねに？　なんと素敵な問いなんでしょう！」

部内の調和を求める久美子にとって、むごたらしすぎる質問だ。あのときの音楽室での久美子の熱を込めたスピーチも、きっとそうした真由の姿勢から吐き出されたものに違いない。最近の久美子は追い詰められていた。同じパートで練習をしてきた奏には、その変化に誰よりも早く気づいたという自負があった。

奏の明快な当てこすりにも、真由が動揺した気配はなかった。こちらの皮肉に気づいていないというよりは、皮肉を言われる覚悟をもすでに済ませている顔だった。

「だって、好きになったものは仕方がないと思わない？　奏ちゃんだって、久美子ちゃんの笑顔が見たいでしょう？」

「笑顔が見たいという意見には同意ですが、黒江先輩のやり方であの人が笑顔になるという理屈は、私には理解しがたいですね」

「理屈なんて、そんなたいそうなことじゃないよ。それにそもそも、私だって手を抜いたわけじゃないし」

「というと？」

「多分、滝《たき》先生は見抜いたんだよ。熱量の差っていうのかな。久美子ちゃんが麗奈《れいな》ちゃんと絶対に一緒にソリを吹きたいと思うほどの気持ちが、私にはないの。久美子ちゃんが吹いて、それで北宇治が全国で結果を出すのがいちばんいいって思っちゃう。その気持ちが多分、今回のオーディションの結果なんじゃないかな。私はちゃんと本気でやったし、それで久美子ちゃんに敵《かな》わなかった」

そしてその結果に、真由は心の底から満足している。自分ではなく久美子が吹くことになってよかったと、本気で思っている。

だとしたら、この結末は必然だった。部長である久美子が転入生である真由に打ち勝ち、そして部はいっそう結束を高める。真由もまた一致団結する仲間の一員となり、みんなが心置きなく全国大会の本番に挑む。

なんと美しい筋書きだろう。ゾッとするくらいに。

奏は両手を重ね合わせると、自身の頬の傍らに添えた。

「黒江先輩は間違ったことをひとつもおっしゃっていない。先輩は非常に頑《がん》――いえ、己の決めた道を貫き通す方なのですね」

「そうかな？　私はただ、みんなが幸せになるのがいちばんいいなって思ってるだけだよ」

「ええ。……ええ、そうでしょうとも」

真由の真意を探ろうだなんて、そんな試みは初めから無意味だった。なぜなら、彼女はずっと自身の真意をさらけ出している。

奏は瞼《まぶた》を閉じる。滝は決断し、ソリストとして久美子を選んだ。もう誰にも後戻りはできない。現状を受け入れて努力する以外の道はないのだ。

両目をしっかりと開くと、小首を傾《かし》げる真由の姿を視界に捉える。その双眸《そうぼう》から目を逸《そ》らさぬまま、奏は口を開いた。

「黒江先輩」

「ん？」

「絶対に、全国で金をとってくださいね」

そうでなければ、久美子があまりに報われない。「応援ありがとう」と真由は微笑した。出会った最初の日から何ひとつ変わらない、美しい笑みだった。

そして北宇治高校吹奏楽部は、金賞を獲得した。回想を経て、奏は現在へと戻ってくる。対峙《たいじ》する真由は、穏やかな表情でたたずんでいる。彼女は結果を出した。それだけは紛れもない事実だった。

「黒江先輩には完敗ですね」

「ええ？　急にどうしたの」

　奏の言葉に、真由は柔らかな声音で応じた。奏はちらりと広場の隅にいる久美子の姿を一瞥《いちべつ》する。部長として慌ただしく動く彼女が、こちらを気にしている様子はない。

　夕日はすでに沈み、にじり寄る夜が空気を冷たくしていた。靴底をわざと動かすと、コンクリートにこすれてざりりと乾いた音が響く。

「私、黒江先輩は執着のない方だと思っていました。でも、誤りでした。貴方は誰より強欲なんですね」

「強欲？　うーん。そんなこと初めて言われたかも」

「黒江先輩は自分の欲望に忠実な方ですよ。ただ、その欲望の内容が『みんなの幸せを望んでいる』というだけで。だから自分を犠牲にする善人だと思われて、貴方の立場を難しくする。なんてことはない、非常にわがままで自分勝手な性格というだけなのに」

　整えられた前髪を指で払い、真由は少し悲しげに眉端を下げた。その口角が緩く持ち上がり、笑みのような形を作る。

「奏ちゃんは結局、私のことを好きになってはくれなかったってことかな？」

「いえ」

遠慮がちな問いに、奏は即答した。予想外だったのか、真由が驚いて目を丸くする。

奏はフンと鼻を鳴らした。

「黒江先輩はきっと、ほかの選択をしたほうが間違いなく楽に日々を過ごせたでしょう。それでも貴方は己を貫き続けた。望むままに動き、コンクールでも結果を出した。すべてが貴方の思いどおりの形になった。ならば私も、貴方の生き方を認めざるを得ません」

完敗です、と奏は先ほどの言葉をもう一度繰り返す。「勝ち負けなんてないよ」と真由が的外れなフォローを口にした。おそらく奏の想いなど、彼女には微塵《みじん》も伝わっていないのだろう。以前まではそのことに苛立《いらだ》っていた。だが、結果でねじ伏せられた以上、彼女という人間のあり方を否定するわけにはいかない。

「まずはこれまでの非礼をお詫びします。生意気なことを言ってすみませんでした」

「ええっ、謝らないで。そんな必要全然ないよ」

頭を下げた奏に、真由が慌てたように近づいてくる。奏は首を左右に振った。

「いえ、これは私のケジメなので。黒江先輩とこれから新しい関係を構築していくうえで必要な儀式です」

「それって……」

奏は一歩前に踏み出ると、真由へと右手を差し出した。真由は信じられないものを見るかのように差し出された手を凝視し、それからじわじわと破顔した。困惑を隠すためのそれではなく、弾《はじ》けるような笑顔。

真由の手が、奏の手を強く握る。握手する手は冷たく、その感触は柔らかだった。

「真由先輩とお呼びしても?」

「もちろん!」

奏の手を握り締めたまま、真由は大きくうなずいた。いまならきっと、私たちのなかに彼女も含まれる。そんなことを、奏はふと思った。

八　大人の肴

宇治橋《うじばし》通り商店街の一角にある居酒屋『志』は、今日も地元客で賑《にぎ》わっていた。卓上に並んだ色とりどりの皿の上には、湯葉を使ったサラダや焼き生麩《なまふ》、焼き鳥や刺身などがのっている。

通された座敷席は簾《すだれ》で区切られた半個室となっており、周囲から隔離されていた。教師と食事をするときは、生徒や保護者に遭遇しないように店選びに気を遣うことが多い。プライベートと仕事の境目が曖昧なところがあるねんなぁ、と以前に小学校で教師をしている友人が話していたことを思い出す。

新山聡美《にいやまさとみ》は座布団の上で脚を崩し、テーブルの上に置かれたグラスを手に取った。ライムとミントがたっぷり入ったモヒートは、グラスを揺らすだけで爽やかな香りがする。

「それでは、北宇治《きたうじ》高校吹奏楽部の活躍を祝しまして……乾杯！」

橋本《はしもと》がビールの入ったジョッキを掲げながら、意気揚々と言う。それに続けるように、「乾杯」とほかの面々もジョッキを掲げた。美知恵《みちえ》は黒ビールを、滝《たき》はハイボールを頼んでいた。

橋本、滝、美知恵、聡美の四人で打ち上げと称して飲むことは、これまでも何度かあった。とくに美知恵は酒豪で、以前彼女と同じペースで飲んでいた橋本がうっかり酔い潰れたことがある。滝は昔から一杯目以外はソフトドリンクしか飲まないため、酔っているところは見たことがない。

千尋《ちひろ》先輩はお酒を飲まない人だった、と聡美はグラスを傾けながら思い出す。飲み会に参加しても、彼女はいつもジュースばかり飲んでいた。

「それにしても、ほんまに全国金賞とるとはなー。ボク、感動したで！」

すでに赤ら顔の橋本が、滝の肩に腕を回してさっそく絡んでいる。滝はどこかおどけるように肩をすくめた。

「それもこれも、二人の協力があってこそですよ」

「新山先生も橋本先生も、生徒たちによく尽くしてくれました。とくにいまの三年生の代は急に環境が変わっていろいろと大変で……」

言っている途中で涙腺が緩んだのか、美知恵が目元を押さえる。「いえいえ」と笑いながら、聡美はポケットからティッシュを差し出した。この人生の先輩が意外と涙もろいことは、いままでの付き合いでよく知っている。

全国大会の本番の日から、まだ一週間もたっていない。美知恵のようにあのときのことを思い出して涙することはないが、結果を聞いたときの興奮はいまだに新鮮なものとして聡美のなかにも残っている。

「松本《まつもと》先生もいろいろと大変だったでしょう」

「私なんて全然。あくまでサポート役ですから」

美知恵はそう言って、わずかに目を細めた。刻まれた目尻の皺《しわ》が深くなる。

初めて会ったときから、聡美は美知恵に好感を持っていた。生徒の前ではつねに背筋を伸ばし自分を律している印象の強い美知恵だが、大人だけの場になると意外とフランクな性格をしている。夫や子供のことも話してくれるし、地元で評判のいい水道業者やおすすめのパン屋なんかも教えてくれる。

美知恵の最近のブームはドライブで、部活のない日は夫とともに近場を旅行するらしい。定期的に渡されるご当地のゆるキャラが描かれた銘菓は、どれも素朴な味がして美味《おい》しい。

「今年から完璧なる滝クン世代やもんねー。いやー、三年目で全国金は立派立派！」

大口を開けて笑いながら、橋本が滝の背中をバシバシと叩《たた》く。「お酒がこぼれます」となだめている滝だが、その口元は緩んでいた。

滝の前の北宇治の顧問は産休に入ったあと、そのまま仕事復帰せずに退職したらしい。そのあとを受け持った滝が就任一年目から見事に結果を出したわけだが、巻き込まれた生徒たちの混乱っぷりは想像に難くない。

「みんな、たくましい子たちですよね。私が女子高生だったら、いきなり滝先輩が先生になったらビックリしちゃうかも」

「新山クン、音大のときは滝クンにツンツンしてたもんね」

「だって、滝先輩ってちょっと感じ悪かったですから。言い方が厳しいというか」

「それは反省してますよ。あのころは若かったので、とがっているところもあって」

「私からすれば、滝先生も新山先生も橋本先生も、みーんないまも若いですよ」

目尻にくしゃりと皺を寄せ、美知恵が笑う。「美知恵先生もまだまだお若いですよ」

と即座に橋本が反応した。

「もう、お上手ですねぇ」

「思ったことしか言えへん素直な性分でして。美知恵先生は実際、滝クンが来たときはどんなふうに思ってたんですか？　この生意気な若造が！　とか言いたくなりませんでした？」

「まさか。そんなふうに思ったことはないですよ」

ふふふ、と笑う美知恵の顔を、滝がうかがうように横目で見ている。滝がこんなふうに自信のなさをのぞかせるのは珍しい。

顧問と副顧問。二人の関係を端的に言い表すとその言葉に尽きるが、実際の二人がどのような関係を構築しているかまでは聡美たちにはわからない。ただ、音大時代から滝は年配の人間から好かれやすいタイプではあった。

美知恵が手を伸ばし、出し巻き玉子を自身の小皿に取る。黄と白が美しい断面から、ほのかに湯気が上がっている。

「教師という仕事は、線引きが難しいんですよ。会社のように上司・部下がはっきりしているわけでもないですし、それぞれに自分なりのやり方がある。私は副顧問という立場なのでどこまで顧問の先生に介入すべきか悩ましい部分もありますし……私はダメなときはダメと叱ってやるのがその生徒のためだと考えているんですが、これも古い考え方なのか、絶対に叱らないことをモットーにされている先生もいらっしゃいますし」

「やっぱり、先生ってお仕事は大変なんですね」

橋本が大仰に相槌《あいづち》を打つ。聡美はこっそりとサラダにのったコーンを箸でつまんだ。

「実際、何が正解かがわからないですからね。前の顧問の先生とはあまり上手《うま》くやれなくて、いまでもいろいろと反省しています。その点、滝先生とは考え方が似ているので、仕事がしやすいですが」

「私も松本先生が副顧問でありがたいです。私が足りない部分を補ってくださるので」

滝がしみじみと噛《か》み締めるように告げる。美知恵は「だといいんですが」と黒ビールをあおった。その喉が、ごくりと大きく上下する。美知恵はいつも美味しそうに酒を飲む。

「お父さんはなんて言うてたん？」

唐揚げに夢中になっていた橋本が、滝の顔をのぞき込む。滝は軽く肩をすくめた。

「そんな大したことは。おめでとうとは言われましたけど」

「いやいや、それは照れ隠しやって。お父さんも感慨深かったと思うなぁ。自分の息子がこんなに立派になって。……それに、千尋クンも喜んでると思う」

付け足された言葉は、普段の軽薄さをまといつつも、核心に踏み込む覚悟を匂わせていた。滝の動きが一瞬止まり、やがてその唇がしみじみと深く息を吐き出す。そのままおしぼりに手を伸ばし、滝は自身の指の股を丁寧に拭った。そんなことをしなくとも、彼の手はずっと綺麗《きれい》なのに。

「そうですかね」

「そうですよ！」

聞こえた声が自分のものであったことに気づき、聡美は驚く。反射的に口を衝《つ》いて出た言葉は、思ったよりも声量が大きかった。

橋本と滝が驚いたようにこちらを見る。聡美は少し照れくさくなり、肩にかかる長い髪を意味もなく指先で払った。

「千尋先輩も喜んでます。絶対、絶対に」

「そうそう。滝クンようやったって言うてるわ。笑顔が目に浮かぶね」

滝の両目に、涙の膜が張る。揺らめく瞳を隠すように、彼はその瞼《まぶた》を閉じた。口をつぐみ、彼は黙って目頭を押さえる。それを見守っている聡美のほうまでツンと鼻奥が痛くなり、慌てて顔を伏せる。隣に座っていた美知恵が、さっきのお礼とばかりにそっとティッシュを差し出してくれた。

「生徒にとっても我々にとっても、いい一年になったってことやね」

そう言って、橋本は淡いグリーンの壁にもたれかかる。その口元にビールの泡が付着していた。

「ボクもさ、滝クンの力になれてうれしいよ。いやぁ、今日はいい日やなぁ」

ジョッキが空になったのを確認し、美知恵が「お代わり飲みますか？」と橋本にメニューを見せる。二人が飲み物を店員に注文しているあいだ、聡美は卓にわずかに身を乗り出した。

「滝先輩も、今日はいっぱい飲んでもいいんじゃないですか？」

「私もですか？」

「せっかくのおめでたい日ですから」

「……それもそうですね」

滝がフッと口元を綻《ほころ》ばせる。奔放に跳ねる癖っ毛が、その頭上で柔らかに揺れていた。

「私も、もう一杯ハイボールを」

「お！　滝クンも飲む？　ええやんええやん、抹茶ビールとかもあるで」

「いえ、ハイボールで」

「もう、冒険心がないんやから」

大声で笑いながら、橋本が店員を呼び出すボタンを押す。その瞳が不意にきょろりと動き、橋本は何かを思い出したように口を開いた。

「そういえば滝クン、興味ない？　沖縄」

「なんですか、藪《やぶ》から棒に」

「いや、行きたいかなって思って」

「素敵な場所だと思いますけど」

「なー！　ボクもそう思うねん。あ、店員さん来た来た」

「いまのはなんの話だったんですか？」

「すみませーん。ハイボール二杯くださーい」

「全然聞いてない」

マイペースな橋本に、やれやれと呆《あき》れ顔をする滝。大学時代と変わらない砕けたやり取りに、聡美と美知恵は顔を見合わせて笑った。

喜びを肴《さかな》に、楽しい夜は更けていく。

九　新・幹部役職会議

土曜日の昼下がり。珍しく部活が休みであるこの日、ランチタイムを過ぎた時間ということもあり、宇治川《うじがわ》近くにあるファミレスはほどほどに空《す》いていた。いちばん角にあるボックス席からは、窓の外の風景がよく見える。そのいちばん奥にある席に座った梨々花《りりか》は、緊張をごまかすように手元にあるグラスを指でなでた。

ドリンクバーにあったオレンジジュースとグレープジュースをミックスして作ったオリジナルジュースはなかなかの見栄えで、綺麗《きれい》に二層に分かれている。ドリンクバーで美味《おい》しい飲み物の組み合わせを探求するのは梨々花と奏《かなで》の密《ひそ》かな楽しみで、今日の奏はコーヒーとミルクとココアを混ぜていた。十一月の肌寒い時期にぴったりなホットドリンクだ。

「べつになんでも……」と言っている美玲《みれい》には、アイスティーとオレンジジュースを混ぜたフルーツティーを梨々花が作ってあげた。普段はあまり味覚の冒険をしないという美玲は、不審そうにグラスを観察してなかなか口をつけてくれなかったのだが、いざ飲むと「美味しい」と素直な感想を述べていた。

梨々花、奏、美玲。休日にこの三人だけで集まることはまずないが、今日は特別だ。なんせ、もうすぐ引退する先輩たちからの呼び出しなのだから。

隣に座る奏の手元のカップからは、薄く湯気が立っている。梨々花は座ったまま脚を交差させると、テーブルにわずかに身を乗り出す。梨々花たちの正面に座っているのは、久美子《くみこ》、麗奈《れいな》、秀一《しゅういち》――幹部役職の先輩部員たちだった。

「ごめんね、休みなのに呼び出しちゃって」

私服姿の久美子がわずかに背中を丸める。普段はそのままにしている髪を、今日の彼女はひとつに束ねていた。輪郭に沿って流れる髪は緩くうねり、その頬に彩りを添えている。

隣に座る麗奈はいつものごとくクールにコーヒーを飲んでおり、久美子を挟んで反対側に座る秀一は、どこか居心地が悪そうに身を縮こまらせて注文したポテトをつまんでいた。

「いえー、全然大丈夫ですー。むしろ先輩たちに会えてうれしいですー」

「そう言ってもらえるとありがたいよ。三人とも、いま忙しいでしょう?」

「ふふふ。先輩たちの引退式の準備がありますからねぇ」

黒髪の毛先を指でなでながら、奏が口端を釣り上げる。十月に行われた全国大会を終え、北宇治《きたうじ》高校吹奏楽部は束の間の休息期間に入った。三年生部員たちは来週の引退式で正式に引退することになっているが、音大を受験する生徒以外はすでに部活に来ていない。三年生部員たちが抜けたことで一気に人が減り、部員全員が集まってもどこかがらんとした印象を受けた。寂しいという一過性の感傷がどこにいてもつきまとってくる。

「この時期に私たちを呼び出したということは、次期の役職の話でしょうか」

それまで場を見守っていた美玲が、ズバッと本題に切り込む。麗奈が「そのとおり」と、淡々とうなずいた。

梨々花は思わず襟を正す。幹部役職の三人がそろっている時点でうすうすそうではないかと思っていたが、実際に予測が的中しているとわかると少しばかり尻込みする。部長・副部長・ドラムメジャー。この三つの役職はやはり部内でも特別で、次が誰になるのかは部員たちの関心の的だった。

梨々花が中学のときの吹奏楽部では、部長という仕事は立候補制だった。部員全員に用紙が配られ、各々《おのおの》ふさわしいと思った人物に投票する。たいてい三、四人が立候補し、そのなかでもっとも票を集めた人間が部長、次点が副部長として選ばれる。三位以下だった人間の得票数が伏せられていたのは、顧問なりの配慮だったのだろう。

北宇治のシステムはそれとはまったく違い、先輩たちによる指名制だ。ふたつ上の吉川優子《よしかわゆうこ》部長も、ひとつ上の黄前《おうまえ》久美子部長も、先代から直々に部長職を託されたと聞く。立候補制と違って落選した部員に心理的負荷がかからないのは大きなメリットだが、本人の意向が考慮されていない点はデメリットかもしれない。

梨々花はちらりと奏と美玲を見やる。梨々花はトップに立つような柄ではないから、部長になるのはきっとこのどちらかだろう。二人とも実力者として認識されているし、美玲に関しては後輩女子に熱烈なファンがいて密かにカリスマ扱いされている。

「私たちの前の代は部長と副部長しかいなかったんだけど、負担が重すぎるって理由でドラムメジャーを加えた三人体制になったの。今年はそれで上手《うま》く回ったから、来年もこの形で行こうと思ってて」

久美子が説明しているあいだ、秀一と麗奈は久美子のほうに顔を向けていた。久美子はどうやら緊張しているらしく、先ほどからしきりにカーディガンの袖に触れている。

「誰に任せるかはすごく悩んだんだけど、最終的にこの三人が適任かなって思って今日は呼び出したんだ」

「さすがは久美子先輩、人を見る目がおありで」

奏が満足そうに目を細める。彼女のこうした物言いにも慣れっこなようで、久美子は「はいはい」と流している。二人のやり取りを微笑《ほほえ》ましく思いながら、梨々花は手元のグラスの中身をストローでかき混ぜる。鮮やかな橙《だいだい》と紫がぐるぐると混じり合う。

「それでなんだけど、次の部長は梨々花ちゃんにお願いしようと思ってて」

「へっ？」

予想外の展開に、梨々花は思わずストローを取り落としそうになった。グラスに沈む氷がカランと涼しげな音を立てる。

「わ、わわわたしですか？」

「ダメかな？」

慌てふためく梨々花に対し、久美子は至って冷静だ。軽く小首を傾《かし》げられ、梨々花は慌てて両手を振った。

「ダメというか、なんで私なんだーって感じで……。私、てっきり副部長を任されるんだと思ってたんですけど、奏とか美玲ちゃんとかが部長のほうがよくないですか？」

「あらあら。せっかくのご指名をふいにするなんてもったいないですよ、新部長さん」

奏がからかうように言う。だが、いつものじゃれ合いに付き合う余裕が梨々花にはなかった。

「でもほんまに無理やってー。私、部長とかやる器じゃないもん」

「私は剣崎《けんざき》さん、部長に向いてると思うけど」

「ほら、美玲もそう言ってる」

「いやいや、向いてへんってー。っていうか、美玲ちゃんは何を根拠にそんなこと言うん？」

「剣崎さん、顔が広いし。一年生、二年生とも上手くやれて、なおかつ楽器も吹ける人ってあんまりいいひんでしょ？　あと、前の代は金管の人に役職が偏ってたから、部長が木管っていうのもバランスがとれてていいと思う」

「なんと冷静な分析……」

淡々とした美玲の言葉に、梨々花はぺちんと自身の額に手を当てる。混乱する梨々花をおもしろがっているのか、先ほどから奏がずっとニヤニヤしている。

「嫌だったら私が代わってあげるけど？　これから奏部長って呼ぶ？」

「あ、奏ちゃんには副部長をお願いしたいと思ってるんだ」

話を聞いていた久美子が慌てて口を挟む。唇をとがらせ、奏は大仰に上半身を斜めに傾けた。

「えー、どうして私が副部長なんですかぁ？　久美子先輩は私より梨々花を選ぶんですね」

「いやいや、そういうことじゃないから！」

「もちろん冗談ですよ。梨々花が部長なのであれば、補佐役として私を選ぶのは当然でしょう」

「わかってくれてよかった。二人とも仲良しだし、奏ちゃんは補佐役に回ったら優秀だと思って」

ほっと胸をなで下ろした久美子に、奏はわざとらしく肩をすぼめる。

「なんだかその言い方だと、私に部長は無理って言ってるみたいですね」

「そ、そういうんじゃないけどね！　ただほら、奏ちゃんには梨々花ちゃんを支えてあげてほしいなーって」

「ふーん。まぁ、久美子先輩がどうしてもって言うなら聞いてあげますよ。私、とっても可愛《かわい》い後輩なので」

そう言って、奏は器用に片目だけをつぶってウインクした。久美子の隣にいる秀一が気圧《けお》されている気配を感じる。おそらく、とんでもない後輩だなと思われている。

「剣崎さんが部長で奏が副部長ってことは、私は——」

「鈴木《すずき》さんにはドラムメジャーをお願いしたいと思ってる」

美玲の言葉を引き継ぐように、麗奈が口を開く。落ち着き払った態度は、先ほどの久美子のそれとは対照的だった。

「音楽知識が豊富だし、技術的な要素を言語化する能力が高い。二年生のなかで鈴木さんが間違いなく適任」

「それに何より、ほかの部員から舐《な》められなそうやしな」

麗奈の言葉に、秀一が口を挟んだ。それは確かに、と心のなかで梨々花も納得する。ドラムメジャーは合奏時に指導することが多いので、言葉に説得力のある子が向いている。そういう意味で、美玲はまさに適任だった。

先輩二人から褒められ、美玲はどこか照れたように目を伏せた。短い黒髪からのぞく耳がわずかに赤くなっている。

「私でよければ、一生懸命頑張ります」

「みっちゃんなら絶対大丈夫」

「久美子先輩まで……ありがとうございます」

テーブルに両手を突き、美玲が深々と頭を下げる。かしこまった態度に、「むしろお礼を言うのはこっちのほうだからね」と久美子が慌てて言った。相変わらず腰の低い先輩だな、と梨々花は改めて思う。久美子のこういうところを、梨々花はずっと好意的に感じていた。

「……ってあれ、なんか本格的に決定みたいな雰囲気になってるんですけどー！」

「新部長、頑張って」と真顔で麗奈がうなずき、

「大変やと思うけど、困ったら久美子に相談したらええし」と秀一が親指を立てる。

「うわ彼氏面……」

「いやいや、どこがやねん」

「しかも無自覚」

「普通の助言しただけやんけ」

麗奈と秀一が言い合っているところを、「まあまあ」と久美子がなだめている。そ

の姿が未来の自分と重なり、梨々花はますます不安になった。自分もこんなふうに上手くまとめることができるだろうか。

「梨々花ちゃんなら上手くやれるよ」

聞こえた声に、梨々花はハッとして顔を上げた。「大丈夫」と久美子が力強くうなずく。

「一年生指導係の仕事もバッチリだったし。葉月《はづき》が感心してたよ、しっかりしてるって」

「それに私もついてますしね」と、奏が梨々花の肩にしなだれかかる。さらさらとした黒髪が、梨々花の頬をくすぐった。その毛先からはヘアオイルの甘い匂いがする。

「うー、わかりました。ここまで来たら私、覚悟を決めます」

「偉い！」

拳を握り締めた梨々花に、久美子たちがパチパチと拍手する。奏は満足そうに口角を上げ、美玲は「応援する」とこちらの目を見てうなずいた。

部長なんて役職は、自分には縁遠いものだと思っていた。しかも、強豪校の部長！想像するだけで胃が痛くなってくるが、尊敬している先輩たちの期待には応えたい。

梨々花はグラスをつかむと、自分の手で作ったミックスジュースを一気にあおった。爽やかな甘みが喉奥で弾《はじ》け、身体《からだ》の内側が熱を帯びる。心臓がドキドキと激しく鼓動していた。だけど、その感覚は決して不快ではない。

「私、剣崎梨々花……北宇治高校吹奏楽部の部長をお引き受けします！」

宣言した以上、もう後戻りはできない。まっすぐに久美子の目を見ると、彼女はこちらに右手を差し出してきた。その手を、梨々花も強く握り返す。勉強している証《あかし》なのか、久美子の右手の中指にはペンだこがあった。「感動の瞬間ですね」と奏が茶化すように言う。

つながった手からは、久美子の温かな体温が伝わってきた。

十　旧・幹部役職会議

会議は踊る、されど進まず。

世界史の授業で聞いたことのある言葉が、なぜか久美子《くみこ》の脳裏にちらついた。

夕方の公園には人けはなく、並べて置かれた二基の古びたベンチが外灯に照らし出されている。花壇に植えられた秋桜《コスモス》は薄桃色と濃桃色のものがあり、すでにその一部の花弁は散っていた。

「だから、結局誰がいいわけ」

久美子の隣に座る麗奈《れいな》が、ストローの突き刺さった紙パックを握りながら言う。もう一基のベンチの端に座る秀一《しゅういち》は、「うーん」と首をひねりながらうなった。久美子はすっかり暗くなった空を見上げながら、アーモンドチョコレートを口に入れる。舌の上で転がしていると、チョコが溶けてなかのアーモンドが剥《む》き出しになった。

「本当、決まんないねぇ」

月が綺麗《きれい》だった。ほっそりとした三日月が藍色の空に浮かんでいる。久美子はそれを目で追いながら、再びアーモンドチョコレートを食べる。お菓子はすでに二袋目だった。

次の代の幹部役職を誰にするか。

その議題は、久美子たちが引退するに避けては通れぬものだった。先代の幹部役職の部員が次のメンバーを指名するのが、北宇治《きたうじ》の代々の伝統だ。久美子たちもそうやって先代の先輩たちから大事な役職を託された。

――が、いざ自分たちで決める番となると、こうも苦戦するとは思わなかった。

今年の二年生はどの子も優秀だ。が、絶対にこの子だ！　とみんなが納得するようなリーダーシップを発揮するタイプがいない。

「鈴木《すずき》さんが幹部に入るのは確定ね」と最初に言い出したのは麗奈で、そのときはまだ外も明るかった。三年生たちは授業が終わるとすぐに帰宅となるので、三人はいそいそと近所の公園に集まって話し合うことにした。わざわざ公園にしたのは、校舎内だとうっかりほかの吹奏楽部員に話が聞かれてしまうおそれがあるからだ。

「鈴木さんって、みっちゃんのほう？」

「そう。鈴木美玲《みれい》さん」

「なんで確定なん？」

「明らかに上手《うま》いから。どんな性格の人間が部長に向いてるかとかはアタシにはわからんけど、技術的な柱役は絶対にいたほうがいい」

「それやったら小日向《こひなた》とかもええんちゃう？　上手いやん」

「いやいや、夢《ゆめ》ちゃんは違うでしょ。人前に引っ張り出すのを強制したら潰れちゃうかも」

久美子の言葉に、秀一が「そうか」とあっさり引き下がる。トランペットパートの二年生である小日向夢は、一年生時からAメンバーに入る実力者だ。来年の北宇治を引っ張っていってもらいたい存在ではあるが、役職というよりは演奏面での期待のほうが大きい。

「みっちゃんを引っ張り役に据えたいっていうのは私も納得かなぁ。意外と面倒見もいいしね」

「じゃあ、鈴木さんが部長で」

「んー、ドラムメジャーのほうがいいんじゃない？」

「どうして？」

「いや、対人能力的に」

久美子の返答に、麗奈がわずかに眉間に皺《しわ》を寄せた。考え込むように、その瞳が小さく動く。

「対人能力？」

「みっちゃんって、人付き合いは不器用なところがあるから。それだったら技術的な面に集中してもらったほうがいいんじゃないかなって」

「高坂《こうさか》みたいな存在ってことやな」

「どういう意味」

「スンマセン。ナンデモナイデス」

軽くにらまれ、秀一がすぐさま降伏する。このやり取りにもすっかり慣れた。ベンチから下ろした脚を伸ばし、久美子はそのまま腕を上げて伸びをする。

「あー、考えすぎて頭疲れてきた」

「まだ全然決まってへんぞ。肝心の部長が」

「部長かぁ。本当、誰がいいのかな」

「クラリネットの子はどう？」

麗奈の問いかけに、久美子は顎に手を当てて考えることにした。二年生部員の顔を一人ずつ思い浮かべ、部長に適性がありそうな子がいるかどうかを探る。

「クラの子たちは集団で行動するときは頼もしいんだけど、一人で動くのが苦手な子が多いイメージだなぁ」

「サックス組は？」

「んー。ハキハキはしてるんだけど、特定の友達とだけ仲良しな気がする。全員をまとめるって雰囲気じゃないかも」

「フルート」

「気の強さが、いい方向に行くときと悪い方向に行くときがある印象。優子《ゆうこ》先輩と夏紀《なつき》先輩みたいにアクセル役とブレーキ役が上手く働く組み合わせの子がいればいいんだけど、そうじゃないし」

「ダブルリード」

「穏やかすぎて、揉《も》め事の対応は難しいかも。梨々花《りりか》ちゃんは副部長とか補佐役に向いてるとは思うけど」

「パーカス」

「あそこの二年生はちょっと真面目《まじめ》すぎるときがあるんだよね。メンタル的にリーダー系の仕事はちょっと不安かも」

「ホルン」

「結構、ノリを重んじるタイプが集まってるからなー。調子がいいときはいいんだけど、空気が悪いときの対応は難しそう」

「トランペット」

「夢ちゃんがいちばんの実力者って感じだけど、当の本人は部長とか絶対向いてないし。でも夢ちゃん以外となると、抜きん出てる子はあんまいないか……」

「トロンボーン」

「いい子は多いんだけどねー。ここもホルンと同じで、揉め事が起きると萎縮して動けなくなっちゃいそう」

「低音」

「このなかだとダントツでみっちゃんが人の上に立つのに向いてる印象がある。一年生のときよりかなり丸くなったし。でも、ここはもうドラムメジャーで押さえちゃってるしな」

「全部あかんやんけ。無理や、決まらん」

「っていうか、久美子って本当によく部員のこと見てるよね……」

秀一は困ったように自身の髪をくしゃくしゃとかき混ぜ、麗奈は呆《あき》れと感心の入り混じった眼差《まなざ》しをこちらに向けてくる。

「そうかな、普通だよ普通」

「ううん、久美子のすごいところだと思う。人にちゃんと向き合ってる」

珍しく褒められ、久美子は思わずにやけてしまった。秀一が「あっ」と思い出したように手を打つ。

「変化球で、いっそ求《もとむ》とかどうやろう」

「月永《つきなが》君？　コントラバスの」

「そうそう。アイツ、意外と人望厚いし」

「どう考えても部長ではないでしょ……。あと、緑《みどり》がいなくなった北宇治で求君がどうなるか、あんまり想像できない」

「まあ、人付き合いは難アリか。意外と上手いことやっていける気ぃするけどな」

「期待はしたいけど、ちょっと博打《ばくち》すぎる」

久美子はベンチから立ち上がると、座ったままの二人を見下ろした。頭を働かせすぎて、思考が煮詰まっている気がする。

「息抜きにさ、コンビニになんか買いに行かない？」

「賛成」

久美子の提案を、麗奈はすぐさま受け入れた。三人は近場にあるコンビニへ足を運ぶと、ブドウ糖を求めて甘味を買った。秀一はアイスキャンディーを、久美子はアーモンドチョコレートを、麗奈はアイスティーを選んだ。

そして会話は冒頭に戻る。休憩時間を挟んで再び公園に集まった久美子たちだが、結局のところ誰を部長に据えるかまったく決まっていない。いびつな丸形をしたアーモンドチョコレートを奥歯で噛《か》み潰しながら、久美子は目を伏せる。

「全然思いついてないけど、決めないといけないんだもんね」

「それはほんまにそう。あ、久石《ひさいし》はどうなん。あの子も二年生のなかでは目立ってるイメージあるけど」

「奏《かなで》ちゃんかぁ～」

「なんやその言い方」

「いや、目立ってるのは間違いないし、能力があるのも間違いないんだけど」

ただ、明らかに部長には向いていない。基本的に、奏は人の陰に隠れていろいろと上手いことやるタイプだ。

　思考が顔に出ていたのか、秀一が「そんなにあかんか」と肩をすくめた。

「アタシは久石さん、結構いいと思うけど」

　ストローから口を離し、麗奈が言う。「ホントに？」と尋ねる声にはついつい疑念がこもってしまった。

「だって、上手やし」

「上手なのは確かなんだけどね。でも奏ちゃんが部長……う―ん、副部長ならアリだと思うけど」

「その場合、部長は誰なん」

　奏の隣に立つ人物。それを思い浮かべると、久美子のなかで自然と答えは絞られた。

「やっぱり、梨々花ちゃんじゃない？」

「あー、剣崎《けんざき》な」

「本当は副部長とか補佐の立場のほうが向いてると思うんだけどね。ただ奏ちゃんの手綱を上手く握れるのって梨々花ちゃんぐらいだろうし、それにあの二人って、そろうとカリスマ性を発揮するタイプだし」

　言葉にすればするほど、なんだかそれが名案のように感じてくる。梨々花と奏。この組み合わせがしっくりくるのは間違いない。暗中模索しているなかで見つけたひと筋の光に、久美子は大いに興奮した。

「それ、結構いいんちゃう？」

「アタシも賛成」

秀一と麗奈の表情も、どこか手応えがあるように見える。

久美子はベンチから立ち上がると、正面から二人に向き合った。

「じゃあ、この二人で決定にしよう」

誰かを選ぶということは、信頼と期待を押しつけるという行為だ。本人たちが、この役職は荷が重すぎると苦しむかもしれない。あるいは、この決断が間違いだったと久美子たちが後悔する日が来るかもしれない。

選ばれるより選ぶほうが難しいときがある。それは久美子が三年生になってから身に染みて実感したことだった。決断には責任が伴う。その責任から逃れたいと、いまの久美子は思わない。

「ま、誰を選んでも上手いことやるやろ。俺らでもなんとかなったんやし」

「俺らでもって、何。アタシたちは滝《たき》先生に褒められるくらい優秀やったでしょ」

「と、ドラムメジャーが言うてはります」

「副部長も思ってるくせに」

言い合う秀一と麗奈に、久美子は思わず噴き出してしまった。「なんで笑うん」と麗奈がわずかに眉根を寄せる。

「ごめんごめん、ずいぶん仲良くなったなって思って」

「なんでそれで喜ぶの」

「だって、自分の好きな子同士が仲良くしてたらうれしいじゃん」

「久美子ってほんま……」

なぜか呆れ顔になり、秀一と麗奈は顔を見合わせた。この二人はときおり、久美子以上に互いを理解し合っているような仕草を示す。それがこちらのことを思ってのことだとわかっているから、久美子は安心して二人とともにいることができる。

季節はすでに冬になり、頬を刺す空気は冷たかった。部活を引退したら、この三人で過ごす時間はめっきり減ってしまうだろう。その現実を思い出すたびに、寂しさで胸が詰まる。

もう少し。あともう少しだけ、この楽しい時間が続きますように。

祈りに似た感情を口端に乗せ、久美子は二人に笑いかけた。

十一　未来への約束

死ぬ間際、「人生でいちばん緊張したのはいつでしたか」と聞かれたら、久美子《くみこ》は今日のことを思い出すかもしれない。

マウスを握る手が震える。モニターに表示される大学の合格発表のページには、自分の受験番号を打ち込むための空欄が用意されていた。時刻は午前九時。その五分前から父親のパソコンデスクの前に着席していた久美子は、震える指でキーボードを押した。回線が混み合っております、と表示された数秒後、その二文字が現れる。

『合格』

それが目に入った瞬間、久美子は思わず歓声を上げていた。その声を聞きつけて、部屋の外で聞き耳を立てていた母が「受かったの?」と扉を開けて顔を出す。

「うん! 第一志望!」

「おめでとう! 今日はお祝いに手巻き寿司《ずし》にしよっか」

母の隣にいた父はいつものごとく険しい顔立ちをしていたが、よく見るとその口元は安堵《あんど》で緩んでいた。

「よかったな」

「うん!」

父らしい祝いの言葉に、久美子は満面の笑みで応える。

高校三年生の二月上旬。この日、久美子の卒業後の進路が決まった。

「ええなー。これで受験勉強から解放かー」

その翌日、家の近くのファミレスで久美子と秀一《しゅういち》はささやかなお祝い会を行った。二人きりなのは、久美子と秀一が恋人同士だからだ。この事実を真正面から受け止めるたびに、久美子はこっぱずかしい気持ちになる。照れくさいとうれしいがない交ぜになったような気持ちに。

オムライスドリアにスプーンを差し込むと、溶けたチーズがとろりと伸びた。ひと口食べ、「あちっ」と思わず口を開ける。熱気を少しでも外に逃がしたかった。

「秀一は本命、これからだもんね」

「第一志望を公立に変えたん二学期からやから、やっぱ時間足りてへんなーとは思ってる。まあでも滑り止めの私立に受かったんはホッとした。浪人覚悟で国公立だけに絞ってるやつらに比べたら気楽やわ」

吹奏楽部員の受験事情はなかなかに厳しい。吹奏楽コンクールの全国大会は十月下旬に行われるため、引退時期はさらにその先となる。早い時期に引退したほかの部の生徒たちに学力で遅れを取ってしまうのは当然のことで、そこから挽回《ばんかい》するにはかなりの努力が必要となる。

「府立大って、前期試験いつだっけ?」

「三週間後。結果発表はさらに先の、三月の頭くらい」

「解放されるの、まだまだ先じゃん」

「ほんまそう。しんどい」

秀一の第一志望の府立大学も滑り止めの私立大学も、久美子の行く大学とは違う。秀一がどちらに進学しようが別々の大学に通うことになるのは確定だが、ともに京都の大学に通うということもあり、久美子は二人の関係がこれからどうなるかをそこまで心配はしていなかった。

ひとつ上の先輩である後藤《ごとう》と梨子《りこ》のカップルは東京と京都の遠距離恋愛となっているが、いまでも円満らしい。「あそこはどっかのタイミングで結婚するやろ」と夏紀《なつき》が以前に話していたのが、秀一と一緒にいるとときどき脳の片隅によぎる。

「大学は違ってもさ、一緒のサークルに入るのもええかもな」

「なんで？」

「なんでってそりゃ……ちょっとでも一緒におれたらうれしいやんけ」

さも当然とばかりに放たれた台詞《せりふ》に、久美子は自身の頬がじわじわと熱を持つのを感じた。それをごまかすように、テーブルの下で秀一の脚に自身のふくらはぎを軽く当てる。

「なんやねん」と秀一は笑いながら言う。じゃれついてくる猫をいなすような態度だった。

「大学って、違う大学のサークルにも入れるんだっけ?」

「入れる。先輩とかは他校やけど強豪の吹奏楽団に入ったって言うてたし」

「大学にも吹奏楽コンクールはあるんだもんねぇ」

「京都は強豪校も多いしな」

全日本吹奏楽コンクールは、久美子たちが参加していた中学生の部・高等学校の部のほかに大学の部と職場・一般の部が存在する。大学の部は高校と同じく五十五人以内、職場・一般の部は六十五人以内の編成で、課題曲・自由曲を演奏する。全国大会に出場できるのは、高等学校の部の場合は全国で三十団体だったが、大学の部は十五団体、職場・一般の部は二十六団体となっている。いくつになっても、全国大会出場は狭き門というわけだ。

「でも、また吹奏楽やるかって言われると悩むなぁ。練習きつかったし」

楽しいとしんどいはひとつの経験のなかで両立する。毎日演奏に励んだ日々は久美子にとってかけがえのない宝物だが、じゃあそれをもう一度体験したいかと聞かれると即答するのは難しい。

だって、練習って、とっても疲れる。

「久美子は大学行ってやりたいこととかないん?」

「んー……勉強はちゃんとやろうと思ってるけど」

「偉っ」

「だって教員免許取らなきゃいけないしね。それ以外はあんまり考えてなかったな。とにかく合格してるか不安で不安で」

「ま、入ってから決めてもええしな。サークルに入らんって選択肢もあるし」

「秀一は何がしたいとかあるの？」

「俺はとりあえずバイトやな。いつまでもお小遣いもらうってわけにはいかんし」

「バイトかー。私も応募しなきゃなー」

何を始めるか。何を選ぶか。新生活は決断の連続だ。食べかけのオムライスドリアの器にスプーンを置き、久美子は手元にあったオレンジジュースを飲む。口のなかに慣れた甘酸っぱさが広がった。

「んでさ、旅行はどうするん？」

「へ？」

唐突な話題の変化に頭が追いつかず、久美子は間の抜けた返事をした。旅行。それはもしかして、いやもしかしなくとも秀一との旅行を意味しているのだろうか。二人きりの旅行。そんな計画を立てるのは恋人同士なのだからなんらおかしくない。おかしくないが——お泊まりはまだ早いのではないだろうか！

急速に脳味噌《のうみそ》がフル回転し始める。秀一のことを好きなのは間違いない。久美子が距離を置きたいと言ったときも文句ひとつ言わずに受け入れてくれたし、久美子が部長として悩んでいるときもずっとそばで支えてくれた。

秀一に久美子以外の恋人ができるのは絶対に嫌だ。だとすると、二人の恋人としての関係も徐々に進めていくべきなのだろう。頭ではわかっている。けれどその一方で、二人の関係に決定的な変化が訪れることを久美子は恐れてもいた。まだその覚悟が自分にない。

「俺、近場がええと思うねんな。福井とか意外といいんちゃうかって。あとは三重とか？　久美子はどこがいいとかある？」

「ちょ、ちょっと待って」

「ん？」

思わず制止した久美子に、秀一が怪訝《けげん》そうに首を傾《かし》げる。

「いやー……旅行はちょっとまだ早いんじゃないかなーって」

「むしろ決めるの遅いくらいやろ。もう二月やし、こういうのは早めに計画立てへんと」

「で、でも、秀一の受験もあるし」

「それは気にせんでええって。どっちみち試験終わったらやることないし」

「それはそうかもしれないんだけど」

「なんや。久美子は旅行行きたくないんか？」

秀一が露骨に不安そうな顔をする。眉尻を下げるその表情は餌を欲しがる大型犬のようで愛嬌《あいきょう》があり、久美子はグッと唾を飲んだ。最近、秀一のそうした顔が可愛《かわい》く見えるようになってきた。

「そりゃ、私も行きたいけど……」

その言葉に、秀一がぱっと表情を明るくする。鉄板にのったハンバーグを箸で割りながら、「せやんな」とほっとしたように言う。四分の一ほどに割ったハンバーグの欠片《かけら》を、秀一は大口を開けて頬張った。時間をかけてそれを咀嚼《そしゃく》し、ゆっくりと飲み込む。

あっけらかんとした口調で、彼は言った。

「部の卒業旅行に部長がおらんなんて聞いたことないもんな！」

「……なんて？」

「いやだから、部の卒業旅行。毎年三年生が行ってるやん。俺らもそろそろ動かへんと」

「ソツギョウリョコー……」

肩の力がどっと抜け、久美子は背後にある背もたれに身を預けた。秀一が「どうしてん」と不思議そうに首をひねっている。

「べつにー。っていうか、そっか。部の旅行のこと、完全に忘れてた」

「ん？　じゃあ、さっきの話なんやってん」

「なんでもない！　とにかく、行き先とか決めないと」

旅行するとしたら三月中旬、国公立大学の後期試験のあとのタイミングだ。今年の三年生部員は二十九人、不参加の人間がいると仮定しても結構な大所帯となる。

「去年は確か、代理店に相談して決めたって吉川《よしかわ》部長が言うてたな。人数次第なところもあるんやろうけど」

「決めることいっぱいじゃん」

「頑張れ部長」

笑顔で親指を突き立てる秀一に、久美子は軽く頰を膨らませる。三年生の卒業旅行の幹事、それは部長としての最後の大仕事だった。


「そういうわけでさ、まずは候補を決めなきゃって思って」

秀一とファミレスで話した翌日、久美子は放課後の空き教室に葉月《はづき》、緑輝《さふぁいあ》、麗奈《れいな》の三人を呼び出していた。三年生たちはこの時期になってもいちおう登校しているが、その授業内容はほとんど自習だ。

国公立大を受験する生徒たちは、入試対策のために授業が終わっても毎日教室に残って勉強している。すでに合格の決まった推薦組や私立大組はそうした生徒たちの邪魔をしないように早々に帰るのが一般的だ。とくに進学クラスの空気感は鬼気迫っていて、教室の前の廊下を歩くのにも気を遣う。

麗奈はそんな進学クラスのなかでも特殊な立ち位置で、アメリカの大学に進学予定だ。向こうのスケジュールに合わせて九月に入学する予定で、それまでは日本で音楽や英語のレッスンを受けるらしい。

緑輝は早々に推薦合格が決まっていたし、葉月も十二月には合格が決まった。真由《まゆ》やつばめ、順菜《じゅんな》といったそのほかの吹奏楽部の三年生の面々は、国公立の大学が本命のためこの場にはいない。

「はいはいはーい！　旅行なら北海道に行きたい」

葉月が元気よく挙手しながら言う。

「緑《みどり》は金沢《かなざわ》がいいなー。大きな美術館があるところ」

「アタシはどこでも。強いて言うなら、温泉とか？」

麗奈の言葉に、緑輝は嬉々《きき》として胸の前で手を合わせる。

「じゃあ兵庫とかいいんちゃうかなぁ？　緑、家族で城崎《きのさき》温泉に行ったけどめっちゃよかった」

「温泉かー。みんなでゆっくり過ごすのもオツですなー」と葉月が椅子の背もたれに重心を傾けながら言った。前側の脚が床から浮き上がり、ふらふらと揺れている。頬《ほお》杖《づえ》を突いたまま、麗奈がちらりとこちらを見た。

「久美子はどっか行きたいところとかあるの？」

「うーん、どこだろう。みんなと一緒ならどこでも楽しそうだけど」

何げなく告げた言葉に、なぜか麗奈は満足そうに口端を釣り上げた。長い睫毛《まつげ》が大きく上下し、光の加減で瞳がきらめく。

「アタシもそう思う」

その笑みがあまりに綺麗《きれい》で、久美子は一瞬見とれてしまった。セーラー服からのぞく彼女の長い首筋が、白い光に縁取られている。

「ぶちょー！」

そのとき、教室の扉が勢いよく開かれた。久美子はハッとして声のした方向へと振り返る。そこに立っていたのは、ファイルを両手に抱えた梨々花《りりか》だった。「私もいますよ」と、その背後から奏《かなで》が顔をのぞかせた。

廊下からまばらに聞こえてくる楽器の音は、もはや懐かしさすら覚える。部活の活動時間が始まったのか、吹奏楽部員たちの話し声が廊下から響いていた。

「二人ともどうしたの？　というか、いま部長なのは梨々花ちゃんのほうでしょ」

「久美子先輩は私にとって永遠に部長なんですー」

そう言いながら、梨々花はずんずんと室内に足を踏み入れてきた。ばさりとファイルを机に置き、梨々花は自身の額の前で勢いよく両手を合わせる。

「このとーり！　じつはお願いがあるんですー」

「いったいどのとおりなんだろう……」

「まあまあ、久美子先輩も久しぶりに可愛い後輩に会えてうれしいでしょうから。まずは世間話を楽しむのがいいのでは？」

必死な様子の梨々花の傍らで、奏が飄々《ひょうひょう》と言う。梨々花が唇をとがらせた。

「もー、世間話してる場合ちゃうねんてー」

「あらあら、それは残念」

奏が芝居じみた動きで肩をすくめた。言葉とは裏腹に、ちっとも残念そうではなかった。梨々花がずいと身を乗り出す。

「久美子先輩たちって、もう卒業旅行の場所決めはりました？」

「まだだよ。いま決めようとしてたところだけど」

久美子の返答に、梨々花がほっと胸をなで下ろす。カーディガンの裾を揺らしながら、「よかったですー」と彼女は笑った。

「じゃあ提案なんですけどー、沖縄とかどうでしょうか！」

「沖縄！　りりりん、めっちゃいいこと言うやん」

葉月がさっそく食いつく。麗奈も緑輝も「それはいいかも」「緑、沖縄大好きー」と好き勝手な相槌《あいづち》を打っている。

久美子が沖縄に行ったのは中学校の修学旅行のときだ。それ以来行っていないが、旅行先として魅力的な場所であるのは間違いない。だが、

「沖縄だと予算高くなっちゃうよねー」

「まあ。久美子先輩ってば、せっかくの記念旅行でそんなことを気にされるんですか？」

「そりゃ気にするよ、団体旅行は個人の旅行とわけが違うしね。っていうか、なんで急に沖縄？　梨々花ちゃん沖縄好きだったっけ？」

問いかけに、梨々花はもじもじと自身の指先をこすり合わせる。

「じつは橋本《はしもと》先生経由で依頼が来たんですよー」

「依頼？」

「そうなんですー。『アクアラーク』っていうテーマパークが三月に沖縄でオープンするんですけど、そのイベントに北宇治《きたうじ》が出てくれへんかって言われててー」

「アクアラークって、あの島全体がリゾート地になるって場所やんな？　朝のニュースで見たで」

葉月の言葉に、「それですー」と梨々花が大きくうなずく。『アクアラーク』という

名前自体は久美子にも聞き覚えがあった。スマホで検索すると、すぐに公式サイトが出てくる。

　本島の近くにある小島・真日瑠島《まひるじま》、その敷地全体を使って観光地として開発されたのが『アクアラーク』だ。遊園地やショッピングモール、映画館、サファリパーク、マリンアクティビティ体験などができる施設がぎゅっと詰め込まれている。宿泊施設も建ち並んでおり、国内のみならず海外からの観光客の人気も狙っているようだ。

「メインは敷地内で行うパレードなんですけど、それだけじゃなくて敷地内でミニショーもしてほしいみたいなんですー。お客さんと距離が近い感じのやつ。それで、パレードはこっちでやるんで、もしよかったら座奏のほうを三年生の方たちにお願いできないかなーって。先輩たちなら任せて安心ですし」

「その言葉はうれしいけど、引退してるからみんなだいぶ腕が鈍ってると思うよ？　練習始められる時期も受験が終わってからになるだろうし……大丈夫かな」

「きっと大丈夫ですよ。身体《からだ》に染みついたことはなかなか忘れないと言いますし」

　奏がにこりと目を細める。その隣で、梨々花が「それにー」と声を大きくした。

「参加者の宿泊費は特別価格にしてくれるらしくて。私たちは普通に合宿所みたいなところに泊まるんですけどー、三年生の人たちは旅行も兼ねてホテルに泊まるのはどうやって橋本先生が」

「それめっちゃいいやん！　大賛成」

葉月が勢いよく席から立ち上がる。緑輝は「ワクワク！」と目を輝かせ、麗奈も「いい提案やと思う」とうなずいている。

「日程はいつなの？」

「三月十五日です」

「うわ、すごい日程だね。後期試験直後かー」

沖縄に前乗りすることを考えると、後期試験を受けた三年生たちが本番に出るのはかなりギリギリになりそうだ。本当は三月下旬がよかったんだけどな、と久美子は顎をさすりながら考える。

「宿泊費が安くなるなんて滅多にないんやし、沖縄ええやん。久美子ー、行こうやー。このとおり！」

まるで拝むように葉月が顔の前で両手をこすり合わせる。期待に満ちた眼差《まなざ》しを送ってくる緑輝と、黒髪をさらりと指先で払う麗奈。三人の顔を順に見たあと、久美子は観念したように息を吐いた。

「もう、わかったよ。それじゃあ学年グループで聞いてみる」

「ほんまですかー？　先輩たちが一緒に来てくれはったら私もうれしいです」

梨々花が喜びを表すようにガバッと両手を上げる。奏は口元に手を添え、「久美子先輩がいたら百人力ですね」とくすくすと笑いながら言った。冗談なのか本音なのかつかめない声だった。

北宇治高校吹奏楽部には、三年生だけのトークグループがある。その用途はさまざまで、引退式や打ち上げなどといった業務連絡で用いられるのが常だった。通知がうるさくなるため雑談は禁止で、基本的に幹部役職やパートリーダーなどが連絡を送る。久美子が沖縄行きの提案をすると、うれしいことにほとんどの人間が乗り気だった。『前期試験ダメでも、後期試験終わってから絶対行くー！』『浪人覚悟で演奏するね！』などと、こちらが心配になるようなことを書いている子もいたが。

そうと決まったらいろいろな手続きが必要だ。そこからの久美子の日々は慌ただしかった。まずは顧問である滝《たき》に相談し、スケジュールをすり合わせて交通手段やホテルの手配などをお願いした。例年は旅行代理店に頼んでいろいろと学生のみで手続きをするのだが、今年は演奏会の参加もあるため滝が便宜をはかってくれた。どういう手を使ったのか、久美子が考えていた予算よりもずっと安い値段だった。

旅行日程は三泊四日。本番前日に前乗りし、本番を迎えたあとは存分に観光を楽しむ手筈《てはず》となっている。一・二年生の引率は滝が担当するため、三年生の引率は美知恵《みちえ》が行う。卒業旅行という名目もあり、美知恵が付き添ってくれるのは本番の前日と当日の二日間だけらしい。残りの日程は三年生だけでの自由行動だ。

宿泊スケジュールが決定したあとは、演奏するプログラムの作成に取りかかる。パレードに出る一・二年生と違い、三年生はパーク内の広場にあるミニステージでショーを行うことになっていた。

演奏時間は約三十分。プログラムを組むにあたって、楽器の編成は重要だ。楽譜に対応する楽器がない場合、ほかのパートに割り振る必要も出てくる。考えれば考えるほど、久美子の決めるべき課題は山積みだった。


「久美子先輩、お久しぶりです」

「わあ、部長！　お疲れ様です」

「受験終わったんですね。おめでとうございます」

楽器室に足を踏み入れると、後輩たちが次々と声をかけてくれた。忙《せわ》しなく動く彼女たちの邪魔をしないように遠慮しながら、久美子は棚の隅に追いやられている楽譜ボックスに手を伸ばす。ここには過去に購入した楽譜がファイリングされて保存してあり、普段は必要な人数分を印刷して使っていた。

新しい曲を吹こうとすると、当然のことながら楽譜の購入にお金がかかる。流行《はや》りのポップスなどはみんなが吹きたがるが、毎年導入できる新曲の数は当然のことながら予算の都合で制限される。

定期演奏会や校外演奏会ではこうした縛りのなかでどれだけいいものを作れるかというのが部員たちの腕の見せどころだ。先輩たちが残してくれた楽譜を探っていて掘り出し物を見つけたりすると、センスがいいとみんなから讃《たた》えられたりする。

「あっ、高坂《こうさか》先輩お疲れ様です！」

楽譜ファイルを物色することに意識を集中させていた久美子は、楽器室内に響いた声にハッとして顔を上げた。制服姿の麗奈がこちらに歩いてくるところだった。先ほどまでほのぼのとした雰囲気で久美子に挨拶していた後輩たちも、麗奈が登場した途端にピンと背筋が伸びた気がする。その対応の差に苦笑しながら、久美子は彼女に向かって手を振った。

麗奈は後輩たちに「お疲れ様」とクールに対応しながら、久美子の手元にある楽譜ファイルをのぞき込んだ。

「いいのあった？」

「うーん。決めきれないなって感じ」

「そう」

スクールバッグを部屋の隅に置き、麗奈がセーラー服の袖を腕まくりする。今日は久美子と麗奈が三年生を代表して、楽器室で楽譜を探す予定だった。本来ならば副部長である秀一も参加するべきなのだが、受験勉強のため欠席だ。

「これ、アンケート集計したやつ」

麗奈が折り畳まれた紙を取り出す。トークグループで三年生部員に演奏したい曲を聞いた結果を羅列したものだ。

・『オーメンズ・オヴ・ラヴ』
・『宝島』
・『シング・シング・シング』
・『ディスコ・キッド』
・『マンボNo.5』
・『セドナ』
・『故郷の空 in Swing』
・『ウエスト・サイド・ストーリー・メドレー』
・『セプテンバー』
・『リズと青い鳥』
・『ルパン三世のテーマ』
・『学園天国』

・『Another Day of Sun』
・『ディープ・パープル・メドレー』
・『キャント・バイ・ミー・ラブ』
・『アフリカン・シンフォニー』
・『ブラジル』
・『テキーラ』

――ほかにも曲の候補は続いていたが、久美子は一度紙から目を離した。並んでいる曲はどれもが吹奏楽の定番曲か、もしくは過去に演奏したことのあるものだった。練習時間がないことを考慮に入れたラインナップだ。

「一般のお客さん用の演奏会だから、やっぱノリがいい曲がいいかな。練習時間があんまり取れないのがネックだけど。あと、いない楽器は別パートに振り分けだね」

「今年の三年生、二十九人でしょ？　全員参加できなくても、ほとんどの曲はいけるでしょ」

「まあね。でも三年生にはダブルリードの子がいないから、『リズと青い鳥』とかは無理そう。っていうか、そもそもブランク明けで吹くには難度高いし」

「オーボエとファゴットの子だけこっちに呼び寄せられへんの？　パレードやったら

あの子らガードやろ？」

「三年生だけでやるってことになってるからなぁ。私はどっちかって言うと、編成より人数のほうが心配だなぁ。数が少ないと、それだけでしょぼく聞こえちゃうところあるじゃん。お客さんをちゃんと盛り上げられるといいけど」

「なんか、そう言われると燃えてきた」

「……麗奈だねぇ」

「なにその反応」

麗奈が肘で久美子の腕を小突く。久美子は「ふはっ」と思わず笑い声を上げた。

「思ったことが口に出ちゃっただけ」

「久美子だって同じなくせに」

「まあね」

久美子と麗奈は互いに目を合わせ、笑った。こんなふうなやり取りは引退してからは久しぶりだった。

それから二人は黙々と楽譜ファイルに目を通した。みんなから出してもらった候補曲だけでプログラムを構成するか、それ以外の曲を加えるか。棚の奥に隠すようにして置かれた段ボールのなかには、ファイリングすら放棄された楽譜も押し込まれている。日に焼けて黄ばんだ紙の束を久美子がめくっていたそのとき、一枚の楽譜がはらりと床に落ちた。

「あ」

久美子の視線が、そこに書かれた題名へと吸い込まれる。

『再会　～未来への約束～』

古ぼけた明朝体《みんちょうたい》の文字は、久美子のまったく見覚えのないものだった。

「麗奈、この曲知ってる？」

「聞いたことない」

黒髪を耳の奥へと押しやり、麗奈が久美子の手元をのぞき込む。差し込む窓の光に照らされ、その滑らかな白肌が輝いている。

「調べてみる」

久美子はそう言って、ポケットからスマホを取り出した。題名を打ち込むと、すぐに動画がヒットする。画質の粗いそれは、どこかの学校の卒業式の映像だった。

「昔に流行った合唱ソングだって。なんか、ドラマの卒業式シーンで使われたらしくて」

「へぇ。どんな曲？」

隣から手を伸ばし、麗奈が再生ボタンを押す。流れ出したピアノはしっとりとした曲調だった。イントロのあと、生徒たちが息を吸い込む。

「夜は明け　世界に光が満ちる
輝く未来に向かって
僕達はいま踏み出そうとしている
知っていたかい
当たり前だった日々が
いつの日か思い出に変わることを

僕達は今日　友と離れて
人生という名の旅に出る
その背に勇気と希望をのせて
己の人生を歩んでいく

分かち合った喜び
分かち合った悲しみ
君と共に過ごした日々を
僕は一生忘れやしない

また会おう
また会おう
あの日交わした約束を信じて
果てしない未来を生きていこう」

歌が終わったところで、久美子は再生を停止させる。卒業ソングにふさわしい合唱曲だった。瞼《まぶた》を閉じてしみじみと曲に聞き入っていた麗奈が、静かにその両目を開ける。

「これ、歌おう」

「え？」

いきなりいったい何を言い出すのか。思わず怪訝な顔をした久美子に、麗奈が唇をわずかにしならせる。

「プログラムの途中で歌のある曲を入れたいと思っててん。ノリのいい曲だけやったらメリハリがないから、スローテンポの曲もあったほうがいいって」

「歌かぁ。あんまり北宇治でそういう演出やったことないよね」

「そう。だから、やりたいなって。人数少ないから、伴奏の楽器絞って……ユーフォのユニゾンとかどう？　真由ちゃんと久美子の二人で伴奏担当」

「二人だけ？　ほかには？」

「パーカッションとか。楽器が多いと声がかき消えちゃうし、ほかの楽器はあんまり増やしたくはないかな。うん、いいものになる気がしてきた」

確信めいた表情で、麗奈が楽譜を手のなかに収める。その頭のなかにはすでにプログラムのプランが組み上がりつつあるらしく、麗奈はアンケート結果の書かれた紙を指でなぞりながらぶつぶつとさまざまな曲名をつぶやいている。

「勝手に決めちゃダメだからね」

「わかってるって」

肩にかかる黒髪を指先で払い、麗奈はなぜか得意げにうなずく。

「ただささ、一般のお客さんにも北宇治の上手《うま》さ見せつけたいやん」

力強い台詞に、久美子は思わず笑ってしまった。引退したいまもなお、麗奈はちっとも変わっていない。その事実がうれしかった。


そして二日後、久美子と麗奈の長時間の話し合いの末にプログラムが決定した。

・『ウエスト・サイド・ストーリー・メドレー』

・『マンボNo.5』
・『故郷の空 in Swing』
・『再会　～未来への約束～』
・『Another Day of Sun』

合計の演奏時間は約二十五分。そこにMCやスタンバイ時間などを含めて、三十分の時間内に収まる予定だ。

「『故郷の空』、チューバのソロあるんやけど！」

渡した楽譜に目を通した途端、葉月が声を弾ませた。

全国大会後に引退した三年生部員たちだったが、今回の演奏会のために久しぶりに部活に復帰した。いまだに国公立大組の前期試験は終わっていないため、低音パートで練習に参加している三年生は久美子、葉月、緑輝の三人だ。

一・二年生たちと同じパート練習室を使うのは久しぶりで、足を踏み入れた途端に感慨が込み上げてきた。どこか埃《ほこり》っぽい教室の匂い。鳴り響く楽器の音色。強烈な懐かしさが、久美子の鼻奥をツンと刺激した。

「葉月がソロって、いままであんまりなかったもんね」

「だってー、チューバってほんまソロと無縁なんやもん」

「土台の楽器はどうしてもそうなっちゃうよね」

相槌を打ちながら、久美子はユーフォニアムの管をクロスで拭う。久しぶりに触るユーフォは、記憶のなかよりも金属っぽい匂いがした。

「だからソロはめっちゃうれしい。福田洋介《ふくだようすけ》さん、ありがとうありがとう……」

天に拝むようにして、葉月が編曲家に感謝の念を捧《ささ》げている。久美子は一番ピストンにバルブオイルを差した。

『故郷の空』をジャズアレンジしたこの曲は吹奏楽部員間での人気が高く、定期演奏会などの希望曲アンケートで必ずランクインしてくる。クラリネット、フルート、アルトサックス、チューバ、トロンボーン、トランペット、ドラムのソロがあり、それぞれの楽器の見せ場が多い。「なんでホルンはソロないねん！」とホルンパートの部員がうらやましがるのがお約束だ。

「葉月先輩がソロですか、いいですね。私も聞きに行けたらいいんですけど」

「葉月先輩、ファイトです！」

「あーあ、私も久美子先輩の雄姿を見届けたかったのに。本番真っ最中なのが残念です」

美玲《みれい》、さつき、奏の三人が先ほどから練習しているのは新曲の譜面だ。パレードは四十五分間で、島内の道を演奏しながら歩くらしい。かなり過酷な本番になるのは間違いない。

久美子たちは詳しく知らなかったのだが、オープニングイベントは大がかりなものらしい。全国的に有名な強豪校のチアリーディング部やバトントワリング部、ダンス部などと一緒にパレードを行うようだ。

「僕も、緑先輩と一緒に本番出たかったです。せっかく同じ沖縄にいるのに……」

「緑もおんなじ気持ちやで。当日は別々に行動やけど、いっぱい頑張ろうね」

「はい！」

コントラバスを手にしたまま、求《もとむ》が力強くうなずいた。それを緑輝が温かな眼差しで見守っている。

二人の仲睦《なかむつ》まじいところを久しぶりに見られて、久美子はほっこりとした気持ちになった。仲良きことは美しきかな、だ。

「真由先輩はまだ練習に参加されないんですか？」

「うん。受験が終わってから――って、あれ。奏ちゃんって、いつから真由ちゃんのこと名前で呼んでたっけ」

「前からですよ。久美子先輩が気づいていなかっただけで」

奏がいたずらっ子のように口角を上げる。さらりと揺れる黒髪には天使の輪ができていた。

「そうだったかなぁ？」

「そうですよ。それで、真由先輩は？」

「あぁ、真由ちゃんは前期日程終わりに合流予定。ほかの三年生の子たちも受験が終わったら練習に来る予定だからね」

「そうですか、それは喜ばしいことですね。といっても、三年生と私たちは練習が別々ですから、あまりご一緒する機会はないんでしょうけれど」

「パレード練習は外でやるもんねぇ」

「日焼けするのであんまり好きではないんですよね。北宇治は座奏が売りなんですから、何もパレードに出なくてもいいと思うんですけど」

ほう、とわざとらしく奏が頬に手を添えて息を吐く。隅のほうの席にいた弥生《やよい》が同意を示すようにブンブンと頭を激しく上下に振った。

「スーザフォンってめっちゃ肩痛くなるねんなぁ。あれだけどうにかしてほしいわ」

「うちは楽しいけどね。ただ、お姉ちゃんと一緒じゃないのがなー」

「すずめも弥生も運動神経よくていいなぁ。私も足を引っ張らないよう頑張らへんと」

ユーフォニアムを抱えたまま、佳穂《かほ》が拳を握り締める。パレードに出演するのはサンフェス以来なため、一年生たちにとってはなかなか高いハードルのようだ。

一年生の顔を順に見ながら、美玲が厳しい口調で告げる。

「三人とも、動きのこと考えるんも大事やけど、まずはちゃんと暗譜をしておくように。サンフェスのときと違って、全員吹きながらやねんから」

「ギクッ」

「なんでさつきが図星って顔してるん」

呆《あき》れ顔の美玲に、「たまに頭から抜けちゃうねんもん」とさつきがぎゅっと両目をつぶる。暗譜は部員のなかでも得意不得意が分かれやすい。みんな、それぞれに覚え方はあるが、身体で覚えるまで吹け！　というスパルタなやり方が結局のところいちばん記憶に定着しやすい。

「なあなあ、この『再会』って曲、歌詞と歌の譜面しか載ってへんねんけど」

楽譜を確認していた葉月が不思議そうに顔を上げる。「ああそれ」と久美子は楽譜を指差しながら言った。

「それは合唱の予定なの。ユーフォが伴奏で」

「合唱！」と驚く葉月のすぐそばの席で、「ずいぶんと思いきったことをしますね」と美玲が感心したようにうなずいた。

「麗奈の提案なんだ。プログラムにメリハリをつけたいって」

「緑、合唱ってめっちゃいいと思う。練習すんの楽しいし」

「緑先輩はソルフェージュもお上手ですもんね」

「求くんも素敵な歌声やと思うよ」

「あ……ありがとうございます」

緑輝に褒められ、求はうれしそうにはにかんでいる。もしも求が犬だったら、いまごろ尻尾《しっぽ》をブンブンと左右に揺らしているところだろう。一連のやり取りを眺めていた奏が、「あんな表情、久しぶりですよ」と久美子にこっそりと耳打ちした。少しおもしろくなさそうだった。

「あとさ、この曲吹くの初めてちゃう？」

葉月がかざすようにして掲げたのは、『Another Day of Sun』の楽譜だった。ミュージカル映画『ラ・ラ・ランド』に登場する楽曲で、プログラムのなかではもっとも新しい曲だ。奏がにこりと笑顔で応える。

「それは先月の商店街での演奏イベント用に買ったんですよ。梨々花が吹きたいって言ったので、私も賛成して。先輩たちのお役に立つようなら何よりです」

「りりりんも奏ちゃんも、こういう曲好きそうやもんなぁ」

「こういう曲って？」

「お洒落《しゃれ》な曲」

葉月の返答に、「お褒めにあずかり光栄です」と、奏がどこぞの令嬢のようにスカートを引っ張りながら一礼した。

久美子は二人から目を離すと、ピストンの動作を確認する。ぼこぼことピストンを押すと、バネが返ってくる感触が指の腹に伝わってくる。

久美子は大きく息を吸い込むと、マウスピース越しにユーフォへ息を吹き込んだ。鋭く吐いた息はすさまじいスピードで管を通り抜け、ベルからくぐもった音を立てる。唇を震わせると鳴る、チューニング音であるB♭《べー》。

「あー、この音だよこの音」

身体に染みついた音色が鼓膜を震わせ心地よい。

ひしっと久美子がユーフォを抱き締めたのを見て、「クルシイヨー」と葉月が裏声で楽器の声をアテレコした。美玲がため息をつく。

「遊んでないで、そろそろ練習を始めましょう」

「ワカッタヨ！」

「ミッチャン、キョウモカッコイイネ」

「さつきも真似《まね》しない」

たしなめる美玲の横顔は、よく見るとわずかに赤くなっている。さつきはくふくふと楽しそうに笑いながら、スタンドにチューバを置く。彼女の小さな身体は楽器の陰にすっぽりと隠れて、久美子の位置から見えなくなった。

それからの日々は慌ただしく過ぎていった。国公立大の受験日が近づき、教師も生徒も険しい表情を見せる場面が増えた。真由やつばめは、毎日のように時間を計って過去問に向き合っている。

秀一も勉強で忙しそうで、こちらから会いたいとはなかなか言いづらい。それをスマホで姉に愚痴ると、『アンタは受験のプレッシャーを舐《な》めすぎなのよ』と、猫のスタンプつきのメッセージが返ってきた。

『私だって受験したんですけど』

『そういうとこ！　アンタさ、秀一君の優しさを蛇口ひねったら出る水みたいに考えてるとこあるよね』

『どういう意味？』

『当然のように思いすぎってこと』

『そんなことないもん』

『ならいいけど。あんないい子めったにいないんだから、大事にしなさいよ』

お姉ちゃんに言われなくても、と途中まで文字を打ち込んで久美子は返信するのをやめた。図星を指されてムキになっているように見えたら恥ずかしい。結局、スタンプだけを送ってやり取りを終えることにした。

まだ終業式を終えていないため、一・二年生たちには平日も授業がある。真っ昼間の授業中に吹奏楽部が練習をしているとほかの教師たちに叱られるため、平日も練習をしたい三年生部員は、家に楽器を持ち帰るか、五時間目の授業を終えた時間帯から登校して練習することにしていた。

土日の練習にも、久美子たちは参加した。といっても現役部員たちとまったく同じ動きをするわけではなく、午前中の基礎練習のみ合奏に出る。それ以外の時間は、三年生はパート練習室で自主練習だ。

「おはよう」

「おはようございます！」

三年生部員が久しぶりに戻ってきたことで、一年生たちのあいだにも緊張が走っているらしい。音楽室に入った久美子と麗奈が挨拶をすると、一年生たちはすぐさま姿勢を正す。三年生がいなくなって伸び伸び活動していた二年生たちも、ここ最近は気を引き締めて練習に励んでいるようだ。

いや、それは三年生というより麗奈効果か、と久美子は横目で隣にいる元ドラムメジャーを見る。引退したいまでも、麗奈の威光は衰えていない。

「では、基礎練習を始めます。まずはロングトーンから」

基礎練習では、ドラムメジャーの美玲がおもに指揮を担っている。長身の美玲が指揮棒を振ると、手足の長さがよく映えた。

「五、六、七、八」

美玲の合図に合わせ、久美子はマウスピースを震わせる。ただのロングトーン練習であっても、人数が多いと音に厚みが出る。周囲から聞こえるさまざまな楽器の音が重なり、溶け、混じる。空気が振動し、肌の表面を強くなでた。

「さすが鈴木さん、高坂先輩がいても動じてない」

「はあーん、カッコいいー」

美玲のドラムメジャーとしての評判は上々で、とくに一部の後輩部員たちから熱烈な支持を受けている。小耳に挟む後輩たちのヒソヒソ話を聞いていると、まるでアイドルのファンクラブ会員のような振る舞いだが。

「美玲は端から見ているとクールビューティーですから、憧れるのもわかりますね。本当は可愛いところもあるのですが……まあ、それは身近な人間だけが知っていればいいので」

そう平然と告げる奏の副部長としての評判は、久美子の耳に入ってくる限り悪くはない。何を考えているのかよくわからないときもあるが、仕事に関しては有能でそつなく働いてくれる副部長……というのが部員たちの目から見える奏像のようだ。

そして梨々花はというと、誰の評価も一致している。とにかく優しい、その言葉に尽きるらしい。できていない子には「大丈夫やってー」「次から頑張ろうなー」とまめにフォローし、落ち込んでいる子には「自分なりに頑張ってるならええってー」と声をかける。丁寧な気配りとのほほんとした雰囲気で、後輩からも同学年の生徒からも慕われているように久美子の目には映った。

「それでは、これで基礎練習を終わります」

「ありがとうございました！」

一時間ほどの基礎練習合奏は、そんな美玲の言葉で締めくくられた。

今日の練習は十一時まで基礎合奏。その後、現役部員は合奏練習を行い、午後からは屋外での練習らしい。三年生部員たちはパート練習室へと移動し、一日中個人練習を行う。

久しぶりにユーフォニアムを吹いて実感したのは、自分がずいぶんと下手《へた》になっているという現実だった。口の筋肉が落ちているせいで高音が維持できない。すぐにバテるし、息も前ほど長く続かない。

一日吹かないと戻すのに三日かかる、というのは吹奏楽部の指導でよく聞く言葉だが、ブランクがあると取り戻すのに時間がかかるのは間違いないと思う。ピストンを押すタイミング。ブレスの強さ。高音を出すときの唇の形《アンブシュア》。前までは無意識にできていたことを、一つひとつ意識して再現しなければならない。

苦戦しているのは久美子だけではないようで、ほかの三年生部員たちも感覚を取り戻そうと奮闘している。そんななか、現役プレイヤーである麗奈だけは以前と劣らぬ演奏を披露していた。下手になるどころか、さらに腕に磨きがかかっている。

「だはーっ」

午後練習。疲れた頰の筋肉を指で揉《も》み込みながら、久美子は廊下に出た。口が筋肉痛になりそうだった。

窓の手すりに腕をかけ、一人で外を眺める。空は澄み渡り、雲ひとつ見当たらない。ガラス越しに見える、混じりけのないクリアブルー。久美子は一度大きく息を吐くと、力を込めて窓を開いた。途端、隙間からは冷えた風が吹き込んでくる。練習で火照った身体にはその温度が心地よかった。

グラウンドでは、現役部員たちがジャージ姿でパレードの練習に励んでいる。五メートル八歩の間隔で歩く部員たちの動きは、規則的で美しい。自分がなかにいるときは目の前にいる部員の背中ばかりに気を取られるが、俯瞰《ふかん》して見ると全体の完成度が気になってくる。

久しぶりのパレード練習ということもあり、部員たちの動きにはぎこちなさがあった。楽器を持たずにこれだから、演奏しての歩行となるとより粗が目立つだろう。メガホンを持つ美玲が声がけをしているが、ここからではその内容までは聞こえない。一・二年生たちはしばらく歩行練習を行っていたが、やがて美玲がメガホンを置いた。休憩時間になったのだろうか。代わって梨々花がメガホンを手にして前に出た瞬間、そこに漂う空気が露骨に弛緩《しかん》したのが見て取れた。ピンと張られていた糸が、両端を引っ張るのをやめた途端にだらしなく緩むあの感じ。

距離があるため一人ひとりの表情を視認することはできないが、おそらく笑い合っているように見える。それを楽しげな雰囲気だと称することはもちろん可能だった。だが、久美子の部長としての経験がこの光景にどこか引っかかりを覚えている。早めに解き終わった試験の解答用紙を前にして、ケアレスミスを見落としているときのような、得体の知れない不穏な違和感。

「……ま、気のせいか」

目線を近くへ戻すと、窓ガラスにぼんやりと映り込む自分の姿が急に強く意識される。久美子は頭を振り、開けていた窓を閉めた。途端に風が吹き込むことはなくなり、廊下には生ぬるい空気だけが残っていた。


「もしもし、久美子？」

そんな電話が秀一からかかってきたのは、三月の初めだった。久美子たちが部に復帰してからもう二週間ほどがたっている。卒業式はすでに終わっているため、いまの久美子たちは高校生でも大学生でもない宙ぶらりんな存在だ。演奏会の練習という明確な目標があるから気が紛れているが、もしもこれがなければ燃え尽きて抜け殻のようになっていたかもしれない。そのぐらい、久美子の高校生活は濃密だった。

「久美子、聞こえてる？」

秀一の声に、家で昼食を食べている真っ最中だった久美子はハッと我に返った。先ほど電子レンジで加熱したばかりの冷凍パスタを食べる手を止め、スマホへと意識を集中させる。

「あ、うん。もちろん。ただちょっと、緊張しちゃって」

「なんで久美子が緊張すんねん」

「だって……」

耳を澄ませると、通話越しに雑踏の音が聞こえていた。春めいた空気のなかに混じる、黄色い歓声。

「どうだったの」

何が、とは言わなかった。そんなことはわざわざ言葉にする必要がなかったので。

秀一がごくりと唾を飲む音が聞こえる。わずかな沈黙のあと、彼は言った。

「受かった。第一志望、合格した！」

その言葉を聞いた瞬間、久美子は思わず椅子から立ち上がっていた。興奮のあまりスマホを落としそうになり、慌てて持ち直す。

「本当に？」

「ほんまほんま。嘘《うそ》とかつかへんって」

「おめでとう！　いやー、よかったねー。秀一頑張ってたもんね」

しみじみと噛《か》み締めるようにつぶやく久美子に、秀一は「うれしいってより安心のほうが強いわ」と照れ隠しのように笑った。

「ようやく俺もこれからの話ができるな。久美子の大学ともキャンパス近いし、会いやすいと思う」

「一緒に通えるかな？」

「それは取る授業次第やろうけど。でも、できるだけ一緒におれたらいいな」

「へへっ」

「なにわろてんねん」

「べつにー」

勝手に口元がにやけてくるのを、久美子はこらえようともしなかった。秀一の何げない言葉がうれしかった。

「これで演奏会の手伝いもできるわ。久しぶりのボーンやけど、上手く吹けるやろか」

「ブランクはやっぱあるよ。私も戻すまで大変だったもん」

「マジか。引退したの、ついこのあいだやのにな」

「あ、それと秀一は歌の練習もしなきゃね」

「歌ぁ？　そんなんあったっけ」

「あったよ。練習、付き合ってあげる」

椅子から立ち上がっていたことに気づき、久美子は再び腰を下ろす。フォークの先端でパスタをかき混ぜると、麺からはいまだに湯気がのぼっていた。

前期試験の合格発表日は、大学ごとに日程が違う。だが、それも数日の誤差の範囲だ。合格を決めた三年生たちは次々に練習に参加し始め、音楽室は一気に活気づいた。なかには残念ながら不合格だった生徒も四人ほどおり、彼らはいまも後期試験に向けて勉強に専念している。そうした部員が出ることを初めから見越していたらしく、「あの子たちには手拍子係やってもらう」と、麗奈は顔色ひとつ変えずに編成表に書き込みをしていた。

「久美子ちゃん、今日からよろしくね」

そう言って微笑する真由はもちろんのこと、パーカッションでは順菜やつばめが顔を見せるようになった。三人とも、無事に第一志望の大学に合格した。

つばめと一緒に沖縄に行けることがよほどうれしいのか、すずめは休憩時間のたびにガイドブックを開いては「お姉ちゃんにこれピッタシ！」「お姉ちゃんをここに連れてってあげたいなー」と佳穂たちに一方的にしゃべりかけている。

のほほんとした時間が流れているように思えるが、本番までは十日を切っている。復帰した部員たちはまず個人で基礎練習をみっちりと行い、それから三年生だけの合奏練習へと移った。音楽室は一・二年生が使用しているため、多目的教室がしばらくのあいだ三年生たちの合奏場所だ。

扇状に並べた椅子と譜面台。そこに二十五人ほどの三年生部員たちが楽器を構えて座っている。その正面に置かれた台の上に立ち指揮者役を務めているのは、麗奈だった。

今回のショーは、橋本が指揮をする予定になっている。顧問である滝は一・二年生たちに付き添うためこちらの指揮ができないという事情は理解できる。だが、どうして副顧問である美知恵ではなく橋本が指揮をすることになったのだろう。何か意図があるのか、それとも大人の事情なのか。

橋本は仕事で多忙なため、顔を出すのは本番前日になるという。校内での練習は一・二年生の練習と並行して滝が指導してくれる予定になっているのだが、今日は勤務の都合で部活に顔を出すことができず、代わりに元ドラムメジャーである麗奈が一時的な指揮者役を担っていた。

まずはみんなでチューニングをし、それから『マンボ No.5』を合わせる。これまでの演奏会で何度も吹いたことのある定番曲だ。

「ワン、ツー、スリー、フォー」

その合図とともに、有名なフレーズが楽器から放たれた。陽気なパーカッションのリズムが狭い教室を南国へと塗り替える。

アップテンポなリズムに遅れないよう、久美子は楽譜を目で追いながらピストンを素早く押す。この曲は吹いていて楽しいのだが、少しでもテンポがズレると野暮ったくなるところがあった。

最終節を迎え、麗奈が手を動かして演奏を締めくくる。久美子は唇をマウスピースから離すと、ふうと短く息を吐いた。指揮者台に手を突き、麗奈がみんなの顔をぐるりと見回す。

「正直に言います。人数が少ないっていうのもありますが、みんな、前より下手になってます」

ずばりとした指摘に、部員たちはばつが悪そうに目を伏せた。三年間、吹奏楽部で耳を鍛え続けたのだ。自分たちの演奏が以前よりも劣っているなんてことは、吹きながらであっても簡単に気づいてしまう。

「縦の音のライン、まだまだ精度上げられます。音の粒の形を意識して、しっかりとタイミングを合わせましょう」

「はい！」

「それじゃ、とくに気になっているところをさらっていきます。まず、ホルンの例の連符。三人でしっかりそろえてください」

「はい」

「要のフルートソロ。しっかり巻き舌で」

「はい、すみません」

「トロンボーン、ハイトーンのところ吹ききれてなかった。安定させるように」

「はい」

それから各パートに対し、麗奈は一つひとつ指摘を行っていった。引退してからは合奏から遠ざかっていたため、こんなふうに自分の悪かったところを指摘されるのは久しぶりだ。

これだから吹奏楽部って疲れるんだろうな、と麗奈の話に耳を傾けながら思う。いいものを作ろうと音楽に磨きをかけていくと、自分の不出来な部分を否が応でも直視しなければならなくなる。とくに合奏となると大勢の人間の前で自分のミスを指摘されるため、どうしても萎縮してしまうところはある。

演奏がよくなっていくのはうれしい。上手だねって褒められることも、昨日できなかったことを今日できるようになることも。だが、そこに至る過程が険しいのは紛れもない事実だ。

麗奈には、音楽と一生向き合う覚悟がある。彼女にとってトランペットは人生を懸けるに値するものだ。では、自分はどうだろう。金色のユーフォニアムに映る自分の顔をぼんやりと眺めながら、久美子は静かに息を吐き出す。大学生になっても、自分は音楽を続けたいのだろうか。

「去年の春、新一年生が入ってきたときから、アタシはずっと同じことを言ってきました。お客さんにとって新人かどうかなんて関係ない。その瞬間に提供された音楽だけが、お客さんにとっての評価対象やって。そしてその考えはいまも変わっていません。アタシは、北宇治がこの程度やって思われたくない。北宇治がいちばんやって、聞いてくれるお客さんに感じてほしい」

指揮棒を握り締めたまま、麗奈がグッと唾を飲み込む。その眉間に皺《しわ》が寄っていたのは、彼女の焦りの表れかもしれない。

「時間がないのはわかっています。みんな、受験で大変やったし、ブランクはもちろんある。でも、だからこそ残りの日数、死ぬ気で練習に打ち込んでください。これがアタシたちの北宇治としての最後の演奏です。完璧な演奏を目指しましょう」

最後。その二文字が、腹の底にズシンと響いた。「はい!」と返事する部員たちの声量は、いつにも増して大きかった。

その後、麗奈のスパルタ指導は続いた。一曲ずつ通して演奏し、そこから粗が目立つ部分を指摘していく。合奏中に修復しきれない細かな部分は明日の午後からの合奏練習の宿題となり、部員たちは譜面に指摘された内容を書きつける。合奏中に吹けなかった部分が指摘されただけで急に吹けるようになるわけはないので、各自が個人練習にどれだけ時間が割けるかも重要になってくる。

『マンボNo．5』、『ウエスト・サイド・ストーリー・メドレー』、『故郷の空 in Swing』、『Another Day of Sun』と四曲を合わせ終えたころには、練習の終了時間まで残り三十分を切っていた。麗奈が腕時計に視線を落とし、「急ぎで『再会』やります」と指示を出す。

久美子と真由は互いに顔を見合わせた。『再会』の演奏は、ユーフォニアムとパーカッションだけに任されている。

カッ、カッ、カッ、カッ。スティックが刻む四拍子が、スタートの合図だ。久美子と真由は目配せし合いながら、最初の一音を奏でる。ゆったりとしたメロディーはシンプルで、高難度の要素はひとつもない。そしてだからこそ、一音一音の質が目立つ。

「分かち合った喜び
分かち合った悲しみ

君と共に過ごした日々を
僕は一生忘れやしない

また会おう
また会おう」

合唱が室内に響き渡る。普段から自分のパートの譜面を歌う練習を行っているためか、吹奏楽部員たちの歌唱力は高い。ソプラノ、テナー、アルト。高低差のある男女の歌声がものの見事に溶け合っている。

久美子は歌唱の邪魔をしないよう、細心の注意を払ってユーフォを吹いた。真由の耳にできるだけ上手く届くように、少しでもいい音で。

この曲の主役はあくまで歌で、伴奏は引き立て役だ。うっかり音量を出して歌声をかき消してはいけないし、演奏のズレによって歌い手の邪魔をするわけにもいかない。

だが——、と久美子は譜面を見つめながら眉間に皺を寄せた。自分のユーフォと真由のユーフォ、ふたつの音色が上手く嚙み合っていないような気がする。砂糖が溶け残っているカフェオレを飲んだときのような、気のせいとも取れるほんのわずかな違和感。

曲が終わったあと、麗奈は何かを考えるように顎に手を当ててじっと黙り込んでいた。やがて顔を上げ、彼女が静かに口を開く。

「ユーフォ、ここは責任重大です。二人でしっかりと息をそろえてください」

「はい」

「歌はよかったです。ただし、当日は屋外での歌唱となります。もう少し声量を上げることを心がけましょう」

「はい！」

「では、最後にもう一回通します」

麗奈が指揮棒を振り上げ、久美子と真由はユーフォを構える。指揮台に立つ麗奈の視線には、間違いなく久美子への信頼が込められている。その期待に応えられないのは嫌だった。

「久美子ちゃん、今日は残って一緒に練習しない？」

合奏練習が終わったあと、真由からそう声をかけられた。

「久美子たちが残るんやったらうちも残ろうかな。ソロの練習しなあかんし」

「緑は一・二年生の子たちのガード練習を見てくるね。一年の息が合わへんって、求くんから相談を受けてて。コツを教えてあげてくる」

「求君から？」

意外な名前に、久美子は目を瞬《しばたた》かせる。自分自身のことはともかく、求が後輩部員の完成度を気にするようなタイプだとは思わなかった。緑輝がにこやかに答える。

「求くん、いまはカラーガードのまとめ役やってるねん。奏ちゃんに押しつけられたって本人は文句言うてたけど、意外と面倒見がいいみたい。役割があるとちゃんとこなせるいい子やねん」

「さすが、緑の弟子ですなー」

「エッヘン」

緑輝が誇らしげに胸を張る。緑輝がいなくなったあとの求はどうなってしまうのかと不安に思っていたが、取り越し苦労だったのかもしれない。

「久美子、アタシは先に帰るね。これからレッスン」

楽器ケースを手にした麗奈が、颯爽《さっそう》と久美子の隣に歩み寄ってくる。受験から解放された久美子たちと違い、麗奈は九月のアメリカ行きに向けて音楽レッスンや英語の勉強にと忙しい。

「そっか。頑張って」

「うん。じゃ、また明日」

そう言って立ち去る麗奈を、「緑も下まで一緒に行くー」と緑輝が追いかける。久美子たちは「バイバイ」と手を振ってその後ろ姿を見送り、それから各々《おのおの》の席へと戻った。

銀色のユーフォを抱えたまま、真由が静かに息を吐く。

「麗奈ちゃん、偉いね。トランペットもどんどん上手になっていくし」

「本当、すごいよね」

「なのに、私のほうはユーフォが下手になっちゃってる気がする。やっぱりしばらく吹いてなかったからかな。久美子ちゃんの足を引っ張っちゃってごめんね」

しゅんと真由が眉尻を下げる。久美子は慌てて首を横に振った。

「ぜ、全然！　私のほうこそ、前みたいには吹けてないもん」

「楽器って、本当に不思議だよね。ちょっとサボったらすぐに音に出るし、腕が鈍っちゃう。自分の頭のなかで想像する音と実際に出る音がしっくりこないんだよね」

「あー、それはわかるかも。あとは精神状態もすぐに出ちゃうしね。喧嘩《けんか》したらユニゾンも変になっちゃったり」

「合奏するなら仲良しなのがいちばんってことかな」

ユーフォニアムを抱き締め、真由が静かにその頰を緩める。色素の薄い瞳を、白い瞼が滑るようになでていく。

久美子は楽譜ファイルをめくると、『再会』のページを開いた。先ほど麗奈から受けた指摘に目を通し、それから真由のほうを見る。

「もう一回、合わせてみよっか」

「うん」

余っていたメトロノームを椅子の上に置き、テンポを合わせる。針が左右に振れ、そこからカチ、カチ、と規則的な音が連続して鳴り続ける。その音に意識を集中させながら、久美子と真由は音色を奏でた。

リズムは合っている。譜面的にもまったくもって問題ない。それでも、何かがしっくりこない。その原因がなんなのか、久美子にはさっぱり見当がつかない。

その後も二人で何度か一緒に吹いたが、違和感は消えないままだった。真由は「うーん」と首を傾げていたが、急に何かを思い出したようにスクールバッグを膝の上にのせた。

「どうしたの？」

「そういえば、お土産《みやげ》渡すの忘れてた」

「お土産？」

真由が鞄《かばん》から取り出したのは、黄色の小箱だった。リボンをつけたバナナのイラストとともに、『東京ばな奈《な》「見ぃつけたっ」』と書かれている。

「東京に受験しに行ったときに買ったの」

小箱のなかには四個の東京ばな奈が入っている。「これは麗奈ちゃんの分、これは緑ちゃんの分」と真由がひとつずつ指差す。

「はい、これ。葉月ちゃんと久美子ちゃんに」

「ありがとー！　うち、これめっちゃ好きやねん」

嬉々として寄ってきた葉月が、真由から東京ばな奈を受け取る。そこで「葉月ー、一緒に合わせたいんやけど」とパーカッションの子に呼ばれ、葉月は慌ててポケットに東京ばな奈を仕舞った。「あとで食べるな！」と言い、葉月はチューバを持って多目的室の端へと移動していった。

「お土産なんて、ありがとね」

「気にしないで。せっかくだから買っただけ」

久美子は礼を言いながら受け取り、個包装された袋の先端を切る。封を切った途端、カスタードのような甘い香りが久美子の鼻腔《びこう》を刺激した。かじりつくと、柔らかな舌触りが口いっぱいに広がる。

「美味《おい》しー。疲れてたから甘みが染みるよ」

「よかった。お土産の定番って言うけど、私は食べたことなかったから。美味しいのかなって」

「そうなの？　っていうか、真由ちゃん自分の分は？」

「買ってないよ。お土産って、人のために買うものでしょ？」

久美子は自分の手のなかにある三分の二ほどになった東京ばな奈を見つめた。

「食べたとこは切るから、半分こする？」

「気を遣わないで。私、久美子ちゃんが喜んでくれたらそれだけですっごくうれしいの」

「そ、そう？」

「うん」

堂々とうなずかれ、久美子は菓子を差し出した手を引っ込める。無理強いするのもなんだかおかしい気がして、久美子は残った東京ばな奈を頬張った。

「ちょっとうがいしてくるね」と真由に声をかけ、久美子は多目的教室から出て廊下の隅へ移動する。座りっぱなしだったせいでお尻が痛い。太ももを伸ばそうとその場でストレッチをし、ついでに手首をぶらぶらと揺らす。凝り固まっていた筋肉が徐々にほぐれていくような感覚があって心地よい。

手洗い場に移動し、石鹸《せっけん》で念入りに指と指のあいだを洗う。そのまま手をお椀《わん》代わりにし、久美子は丹念に口をゆすいだ。透明な水が蛇口から流れ落ち、手洗い場に薄い膜を張る。手からひっきりなしに落ちる水滴が、水面を静かにざわめかせていた。

そろそろ戻るか、と久美子がハンカチで手を拭いながら来た道を戻ろうとしたそのとき、階段の下から部員たちの話し声が聞こえてきた。どうやら屋外練習を終えた一・二年生たちが帰り支度を始めているらしい。ヒソヒソとした話し声は、一年生たちのもののようだった。

「いま、ほんまにクラやばいよ。空気が地獄。パート練習行きたくないもん」

「まさかあの二人があんなに険悪になるとは思わんかったよねー」

「さっさと仲直りしてくれたらええけど」

「っていうか、りりりん先輩もちゃんと注意してよーって感じ」

「ぶっちゃけ部長、舐められてるからなぁ。部長に注意してもらったところで改善されるかどうか……」

「練習中も空気緩みまくりやもんねー」

「クラッシュとかしたらどうしよ」

「そんなもん、ゴメハの加護を信じるのです……」

「あの足幅の感覚、すぐおかしくなるよなー。私の脚が長すぎるせいやろか」

「はいはい」

「テキトーに流しすぎやろ」

力の抜けた笑い声とともに、会話する声は遠ざかっていく。どうやら階段を上がっていったらしい。なんだか聞いてはいけないものを盗み聞きしてしまった気がする。

先ほどの噂《うわさ》話から想像するに、クラリネットのなかで何かしらの揉め事が起きているのだろう。一年生が不満を言っているということは、くすぶっている火種はすでに煙が昇っている状況らしい。

新部長とはいえ、梨々花はまだ二年生だ。不慣れなことも多いだろう。彼女が解決に苦労しているならば、自分がフォローを入れたほうがいいだろうか。遠征は環境が変わるせいでただでさえ揉めやすいというのに、出発前から揉めているというのはあまりよろしくない。

まずはクラリネットの二年生たちに話を聞いて、行き違っている部分を仲介。互いにどこが傷ついているかを掘り下げ、上手く仲直りに持っていくのがベストだろうか。

廊下の壁にもたれかかり、久美子は踵《かかと》に重心を預ける。上履きに包まれた爪先を持ち上げ、それから落とす。視線を落とすと、深緑色の床に不自然な黄色が落ちていることに気がついた。誰かが拭い損ねた、明るい色をした絵の具の染み。

「何をされてるんですか?」

「どわっ」

急に声をかけられ、久美子はバランスを崩しそうになった。ハッとして声の方向に顔を向けると、ユーフォを手から提げた奏がすぐ真横に立っていた。ジャージ姿の彼女からは、ふんわりと日焼け止めの匂いがする。

「なんだ奏ちゃんかー」

「なんです？　こんなに可愛い後輩が声をかけてきたというのに、妖怪が出たみたいな顔をして」

奏がツンと唇を突き出す。久美子は頭を左右に振った。

「いやいや、そんな顔してないって。練習はもう終わり？」

「はい。先ほど解散したところです。私は後片づけがあったので、戻るのが少し遅くなったんですけど」

「梨々花ちゃんは？」

「苦戦してる子たちの練習に付き合ってます。正直、進捗があまりよくなくて」

「さっき噂で聞いたんだけどさ、クラリネットの子たちが揉めてるんだって？」

久美子の言葉に、奏は一瞬だけ目を見開いた。動揺を隠すように、彼女はにこりと口角を上げて笑みを浮かべる。

「おや、先輩のお耳に届いてしまうとは」

「何があったの？」

「ちょっとした行き違いですよ。二年生の詩織《しおり》と樹《みき》っているでしょう？　あの子たち、好きな男の子がかぶってしまったみたいで」

「それは……」

恋愛関連の揉め事はよくあることで、なおかつ関係がこじれやすい。無自覚に顔に出ていたのか、「そうなんです」と奏が大仰に肩をすくめる。

「先に好きになったのは詩織のようなんですが、告白したのは樹で。結局その男子は樹と付き合うことになり、『私が先に好きやって言うてたのにずるない？』『それやったら先に告白したらよかったやん、意気地なし』『はぁ？』『ほんまのこと言うただけやろ』……とまぁ、こんなふうに揉めているわけです」

「最悪じゃん」

「最悪ですよ。クラリネットパートは北宇治の宝です。それがまさか、恋愛でここまでこじらせるとは。これだから恋って恐ろしいんですよ。ね、先輩」

「なんでそれ私に言うの」

「先輩はお詳しいかと思いまして」

甘ったるく伸ばされた語尾に、久美子は苦笑した。

「それで、問題は解決できそうなの？　もし手こずってるんだったら、私も解決に協力するよ。その子たちに話を聞いてもいいし」

「どうしてですか？」

「どうしてって、何が？」

質問の意味がわからず、久美子は首を傾げる。奏はいつもの作りものめいた笑みを浮かべたまま、上目遣いにこちらを見つめている。

「どうして久美子先輩がそんなことをする必要があるんですか、という意味です」

「え？　いやだって、困ってるんでしょう」

「確かに困っていますけど、先輩はこれからいなくなるわけじゃないですか。次に同じようなことが起こったときに先輩には頼れないんですから、先回りして問題を解決していただく必要はないですよ」

ガン、と透明な鈍器で頭を殴られたような衝撃があった。

揉め事の気配をかぎつけた瞬間、自分だったらこうすると無意識のうちにこれまでのやり方に当てはめようとしていた。当然のように、それが部のためになるのだと。

自分の思い上がった思考が恥ずかしくなり、久美子はごまかすように後ろ手を組んだ。親切とお節介はよく似ている。

「ごめん、出すぎた真似だったね」

「いえいえ、お気遣いはうれしいですよ。久美子先輩が揉め事を嫌っていることはわかっていますから。それに、梨々花が苦労しているのは間違いないですからね。あの子は優しいので、人をつけ上がらせてしまうところがありますから。ふふふ、なんだか久美子先輩に似てますね」

「あのねぇ」

うろたえた久美子に、奏はそっと微笑する。艶のある毛先を揺らしながら、彼女は久美子のすぐ隣に並ぶ。生地越しに触れる彼女の二の腕が、質量を持って久美子の腕に密着した。

「もっと私たちのこと、信じてくれてもいいんですよ？」

「何言ってるの、信じてるよ」

「そうですか？　部長をしているときも、自分で解決しようとされてることが多かったように見えていましたけど。信じるというか……頼ると言ったほうが正確ですかね。部長として、必要以上に一人で抱え込んでいる気がしていましたよ」

「そんなことは……」

「まぁ、私は久美子先輩のそういうところももちろん好きですけど」

取ってつけたような『好き』の言葉に、久美子は苦々しい笑みをこぼす。後輩からそんなふうに見えていただなんて、少しばかり気まずい。自分の未熟さは上手く隠せていると思っていたから。

矛先を変えようと、久美子は爪先を奏へと向ける。年季の入った上履きは、学校に来なくなったら役目を終えることが決まっている。

「奏ちゃんはどうなの、副部長として上手くやれそう？」

「もちろんですよ。私、久美子先輩より器用なので」

「本当かなぁ」

「それに、波風の立たない人間関係が好ましいとは私は思っていませんから。ちょっとくらい衝突してるほうが部として健全ですよ。……まぁ、梨々花の胃は痛くなるかもしれないですけど」

それは久美子とは違う部活観だった。久美子が部長のときは争いの芽をつむことに懸命になりがちだったけれど、奏はそれとは違う見方で部内の様子を観察している。

「梨々花ちゃんのこと、しっかり支えてあげてね」

「もちろんです。先輩に言われなくとも、私は梨々花の右腕ですからね」

そう言って、奏は自身の右腕を見せつけるように曲げてみせた。フンと鼻息を荒くする後輩が急に愛《いと》おしく見え、久美子は噴き出すようにして笑った。

「奏ちゃんのそういうとこ、好きだな」

「なんですか急に。ま、まあ、私は可愛いので、先輩が好きになるのも当然ですが」

「本当、そういうところ」

ますます笑みを深める久美子に、奏はぷいと顔を背けた。その頰が赤いことは隠しきれていなかった。

翌日の練習からは、滝が指導にやってきた。ここから本番までは、平日の十六時半いる。

まで三年生の合奏指導、十八時まで一・二年生のパレード指導にあたる予定となって

「受験や新生活の準備にと、大忙しでしょう。そんななかでもこうしてまた皆さんと一緒に演奏ができて大変うれしいです。私にとって皆さんは、北宇治で初めて三年間をともにした大事な生徒なので」

柔和な印象を与えるその両目が、柔らかに細められたのが見える。滝は譜面台の上で両手を重ねると、それから座っている部員たち一人ひとりの顔を順に見回した。

「本番では橋本先生に指揮をお願いすることになっていますが、あの人に託すまでにできるだけブラッシュアップしたいと思っています。昨日よりも今日、今日よりも明日。よりよい音楽を目指して努力できるところが北宇治のいいところです。ブランク明けで大変なところもあるかと思いますが、後悔のない本番を迎えられるよう一緒に音楽を作り上げていきましょう」

「はい！」

「それでは、『ウエスト・サイド・ストーリー・メドレー』から」

滝が指揮棒を小さく揺らす。久美子たちは楽器を構え、その一挙手一投足を見逃さないように彼を見つめた。息を吸う気配。シャツの衣《きぬ》ずれの音。滝を構成するすべての物音が、なんだか懐かしかった。

滝がそっとパーカッションへと手を向けて指示を出す。うなるようなティンパニのクレッシェンドが室内へと響き渡った。

久しぶりに受ける滝の指導は、やはり目を瞠《みは》るものがあった。音のズレやピッチの不調和を的確に見抜き、細やかに指摘する。

「いまのホルン、もう一度やってみましょうか。ええ、入りの部分をもう一度」

「パーカッション。ンパッのンの溜《た》めの部分、気持ち遅めで」

「フルート、ここはもう少し音を膨らませるようなイメージで。柔らかに」

「トランペット、高くて苦しいのはわかりますが音が汚くなっています。しっかりと狙って」

「合唱の部分、テナーパートの人たちだけでもう一度歌いましょうか。ユーフォは入りが慎重になりすぎです。丁寧なのはいいことですが、もう少し思いきって」

その場で修正しきれなかった滝からの指摘は宿題として持ち帰り、次の合奏で改善できるように各自が練習に励む。そしてまた合奏時に新しい指摘を受け、それを繰り返すことでよりよい音楽に仕上げていく。

久美子と真由のユニゾンはいまだにしっくりきているとは言えなかったが、それでも最初に合わせたときよりも改善されてきてはいた。

真由のユーフォの音に耳を傾けていると、その音色の美しさに驚かされる。ベル全体からしっかりと音が鳴り、一音一音が安定している。きらびやかな音色は聞いているだけで心地よく、シンプルな一音のロングトーンですら彼女の奏者としての実力を示している。

自分のユーフォの音は、真由の耳にどのように届いているのだろうか。もしも内心で下手だと思われていたら、多分、久美子は立ち直れない。

合奏中、久美子はちらりと横目で真由を見る。視線に気づいた彼女は、長い髪を耳にかけるとこちらに向かってそっと微笑《ほほえ》んだ。

後期試験を終えた翌日、不参加だった残りの三年生部員たちがようやく練習に顔を出した。沖縄入りの前日だった。

ここで合流した部員たちはさすがに楽器を練習する時間はないため、パフォーマンス隊として観客に手拍子を促す役割を担う。曲によってはメガホンやポンポンも使い、会場を盛り上げる。

「うわー、ついに明日から沖縄かー」

楽器ケースにチューバを仕舞いながら、葉月が声を弾ませた。ユーフォニアムをクロスで磨いていた久美子は、金色の表面をのぞき込む。年季が入っているせいで細かな傷は入っているが、遠目で見るぶんにはきっとキラキラと輝いて見える。

「緑、海に行くのめっちゃ楽しみ。天気予報、晴れでよかったー」

「水着は持っていくけど、沖縄って三月でも海入れるんかな？」

「いちおう、三月十五日が海開きみたいだよ」

葉月の疑問に真由がスマホを見ながら答えた。

もともと、イベントの翌日にはホテル近くの海でマリンアクティビティを楽しむ予定だった。麗奈とおそろいで買った水着も、部屋に開きっぱなしにして置いているキャリーケースのなかに入っている。

「真由ちゃんは沖縄で何かしたいこととかあるの？」

久美子の問いに、真由は首をわずかにひねった。顎に手を添え、その眉尻を少し垂らす。

「私？　うーん、お洋服を買いたいかも」

「お洋服！　沖縄やったら緑、アロハシャツとかかりゆしウェアとかムームーとかオススメやなぁ」

「むーむー？」

「ハワイの言葉で『短く切る』っていう意味の、ゆったりしたデザインのワンピースのことやで。フラダンスの人が着てるあの可愛いやつ！」

緑輝の説明に、久美子は昔見たフラダンスを題材にした映画のワンシーンを思い浮かべる。確かあのときのヒロインも、大ぶりな花柄の色鮮やかなワンピースを着ていた。

「緑ってほんま、いろいろ詳しいんやな」

葉月が感心したようにうなずく。「お洋服は大好きやから」と、緑輝ははしゃぐように笑った。

「久美子ちゃんは何かしたいことあるの？」

楽器ケースを棚にしまいながら、真由がこちらを見る。久美子は腕を組んで考え込んだ。

「んー……美味しいものを食べたいかなぁ」

「沖縄の美味しいものってなんだろう」

「サーターアンダギーとか？」

「あー、いいね。私も揚げたてのやつ食べてみたい」

真由がうなずく。葉月がポケットからスマホを取り出し、グーグルマップで何かを検索している。

「ホテルの近くにキッチンカーとか出てるみたいやで。いろいろ食べられるみたい」

「本当？　楽しみだな」

三年生が宿泊する予定のホテルは、真日瑠島のなかにある。敷地内にはショッピングエリアやレストランなどが併設されており、土産物などもそこで売られているらしい。何を買えるかは財布との相談が必要となるが。

音出しや楽器の運搬などは、一・二年生たちの泊まる団体用の宿泊施設で行う。ドラムやティンパニといった大型の楽器は会場側が用意してくれているため、リハーサルは前日に実際に会場に足を運んで行うらしい。橋本ともそのリハーサル会場で合流予定だ。

久美子は立ち上がり、制服のスカートの裾を手で払う。そのとき、指先に違和感を覚えて手を見ると、楽器を磨くときに使ったポリッシュがついていた。

会話を続ける三人を置いて、久美子は楽器室を出る。手洗い場で手を洗ってそのまま荷物を取りに行こうとしたそのとき、廊下の先に人影を見かけた。麗奈と秀一だった。

「何見てるの？」

二人のもとへ向かう久美子の歩幅は、心なしか普段よりも大きかった。二人がハッとしたようにこちらに顔を向ける。

「なんや、久美子か」

組んでいた腕をほどき、秀一は一歩横にずれる。半端に開いた二人のスペースに、久美子は自然に割り込んだ。

「なんやって、何」

「いや、ビックリしただけ」

「ふーん？」

勝手に慌てている秀一をよそに、麗奈は冷静だった。

「一・二年生たちが練習してるところを見てたの。前よりずいぶん上手くなってて安心した。ちゃんと動きがそろってる」

ほら、と麗奈が窓の外を指差した。透明なガラス越しに見える楽器の隊列が、演奏に合わせて歩行している。青と白で構成されたカラーガードが回転し、地上に鮮やかな花を咲かせていた。

「そういやさ、ちょっと前までクラの二年が揉めてて大変やったみたいやな」

秀一の言葉に、麗奈が「そうなん？」と意外そうに首を傾げる。秀一の耳にまで入っていたのか、と久美子は内心で驚いた。男子部員たちはパート関係なく仲がいいため、その情報網は意外と侮れない。

「なんか、喧嘩ってほどじゃないけどギスギスしてる感じやったみたいで……それで部全体でも気まずい空気やったらしいんやけど、部長の剣崎《けんざき》がついに爆発して」

「爆発ぅ？」

思わず声が裏返った。秀一は頬をかきながら言う。

「いや、俺も実際に見たわけちゃうけど、『私はアンタらのお母さんちゃうねんでー！』って叫んだらしくて」

「あの剣崎さんが？」

「想像できないね」

「まぁ、そういうわけで、最終的にはクラの二人も反省して仲直りしたらしい。そんで、剣崎と久石《ひさいし》と四人で服買いに行くことにしたんやと」

「なんでそうなるの？」

「知らん。俺も又聞きやし。ま、下の代には下の代のやり方があるってことやろな」

日差しのなかを歩く後輩たちの足取りは力強い。伸びる影は蟻《あり》の行列のように、静かに生徒たちのあいだをつないでいる。久美子は頬杖を突き、それをただ眺めた。

「でもよかった。梨々花ちゃんと奏ちゃん、ちゃんと解決できたんだ」

青空の端で太陽が白く燃えている。いまでは遠くなった夏の日の面影が、黄色の砂の上に滴り落ちた。

沖縄入りの朝はとにかく早かった。午前五時。日が昇るよりも早くに久美子は目を覚まし、手早く身支度を済ませた。キャリーケースに入れ忘れたものがないかを確認しているあいだじゅう、欠伸《あくび》が止まらなかった。

「久美子、おはよう」

「おはよー」

駅で麗奈と合流し、そのまま学校へと向かう。楽器のトラックへの積み込みは前日に済ませているため、あとはバスで空港まで移動し、飛行機に乗って沖縄へ向かうことになっていた。

大阪にある関西空港までは、宇治から二時間ほどかかる。早朝の集合だったにもかかわらず、貸し切りバス内は異様に盛り上がっていた。ガイドブックを見て観光の計画を立てたり、カードゲームで遊んだり、写真を撮りまくったり……。まるで修学旅行のような雰囲気だ。

バスは二台に分かれており、一台目の一列目の席に現役幹部である奏、梨々花、美玲が、二台目の一列目の席に久美子と麗奈が座っていた。秀一はサックスのちかおとともに二列目の席にいる。

二台目のバスはそのほとんどが三年生部員だが、一台目に乗りきらなかった後輩たちの姿も交じっていた。後ろの席を振り返ると、佳穂、弥生、すずめ、沙里の四人が顔を近づけて話しているのが見える。

「みんな、楽しそう」

「沖縄なんて遠くまで遠征するの、北宇治は初めてやしね。立華《りっか》はこの前アメリカのパレード出てたけど」

黒髪を指で梳《す》き、麗奈は唇を微《かす》かに動かす。久美子は目を細めた。

「海外かぁ。私、行ったことないんだよね」

「久美子はさ、もし外国に遊びに行くならどこに行きたい？」

突然の問いかけに、久美子は背もたれに身を預けた。顔を上げると、灰色のバスの天井ばかりが目に映る。

「うーん。北欧とか？」

「意外。なんで？」

「一生に一度くらい、オーロラを生で見てみたいなって」

ニュースなどで見聞きしただけで、実際に体験したことがないものは山ほどある。大学生になったら、そうしたものにお金をかけるのもいいかもしれない。

「アタシは大きい滝が見てみたい」

「滝？」

「うん。ナイアガラの滝」

「あー、実際に見たらすごそうだよね。正直、名前しか聞いたことないけど」

「写真で見てても迫力あるで」

「へえ。私も行ってみたいな」

「じゃあさ、一緒に行かへん？」

「え？」

驚いて、久美子は麗奈の顔を見る。黒髪を耳にかけ、麗奈はいたずらっぽい笑みをこぼす。

「ナイアガラの滝。久美子となら楽しそう」

「私、英語しゃべれないよ？」

「そんなん、なんとでもなるって。アタシだってまだまだ勉強中やし」

「麗奈の『まだまだ』はハードル高いからなぁ。でも……そうだね。バイトしてお金貯《た》めたら、一緒に旅行に行こう」

「約束やで？」

麗奈が小指を突き立てる。「もちろん」と久美子は自身の小指をそこに絡めた。実現されるかわからない不確かな未来の約束。その積み重ねが、久美子の未来予想図を明るいものにしてくれる。

「愛してる」

突如として耳に入ってきた声に、久美子と麗奈は目を見開いた。絡まった指が静かに離される。声のほうへ顔を向けると、弥生とすずめが真顔で見つめ合っていた。

「もう一回」

「愛してる」

「なんて言ったの？」

「愛してる」

繰り返される会話に照れは微塵《みじん》も含まれていない。その横では佳穂が口元を手で押さえながら笑いを噛み殺していた。沙里はというと、完全に呆れ顔だ。

「何アレ」

麗奈の疑問に、後部座席の背もたれから真由が顔をのぞかせた。その隣にはつばめがいる。

「愛してるゲームだって。一年生たち、可愛いね」

「うちは恥ずかしくてあんなんようできひんわ」とつばめは赤い顔のまま言った。

「愛してるゲーム？」

「知らない？　結構有名な遊びだよ。何人かで輪になって、隣の席の人に『愛してる』って言ってくの。言われた人は、また隣の人に『愛してる』って言うか、自分に言ってきた人に『もう一回』とか『もっと聞かせて』とか返して、繰り返し『愛してる』って言わせるの。それで、恥ずかしがったり照れちゃったりした人の負け」

「それ、ほんまに楽しいん？」

怪訝そうに眉根を寄せた麗奈に、真由はくすくすと可笑《おか》しそうに笑った。

「楽しいんじゃないかな。ああいうこと一緒にできる友達っていいよね」

「確かに、仲は深まりそう」

「久美子ちゃんもやってみる？」

「私？　無理無理」

ブンブンと勢いよく首を横に振る久美子を見て、「そっか」と真由はあっさりと引き下がった。

「楽しむのはええけど、いつまでも雑談させてるわけにはいかへんな」

腕時計を一瞥《いちべつ》し、麗奈は通路側に上半身をはみ出させた。その両手が強く叩《たた》き合わされ、パンッと破裂音が車内に響く。わいわいと盛り上がっていた部員たちの顔が、一斉に前へと向けられた。

「空港に着く前に、合唱の練習やっておきます。一・二年生の子たちも喉を開くために一緒に歌ってください」

ＵＮＯをしていた男子部員たちが、慌てたようにケースへとカードを仕舞っている。麗奈がアイコンタクトを送ると、すぐ近くの席に座っていた順菜がドラムスティックを取り出した。カッ、カッ、カッ、カッ、と規則的なリズムが刻まれる。

久美子は大きく息を吸い込んだ。

「僕達は今日　友と離れて
人生という名の旅に出る
その背に勇気と希望をのせて
己の人生を歩んでいく

分かち合った喜び
分かち合った悲しみ
君と共に過ごした日々を
僕は一生忘れやしない

また会おう
また会おう
あの日交わした約束を信じて
果てしない未来を生きていこう」

バスの車内に、部員たちの歌声が響き渡る。賑《にぎ》やかな合唱は、バスが空港に着くまで続いていた。

『めんそ～れ』

沖縄の那覇《なは》空港に着いた途端、ようこそを意味するウェルカムボードが乗客たちを出迎えた。京都と比べて十度ほど気温が高く、空港内の客のなかには半袖姿の人間もちらほらといた。売店に並ぶ商品はどれもカラフルで、飾りつけられた造花のハイビスカスがさらなる彩りを加えている。

「ちんすこう売ってる。そういや親に頼まれてんなぁ」

「ソーキそばもあるで」

「やっぱ沖縄といえばシーサーっしょ」

「うち、スパムって地味に一度も食べたことない」

「ジーマーミis何？」

「やっぱー、お腹《なか》すいてきた」

浮足立った部員たちが口々に目についたものへの感想をしゃべる。その顔つきは長い道のりを乗り越えた解放感にあふれているが、宿泊施設までの移動はまだまだ続く。

「昼食は宿泊施設に到着してからの予定です。みんな、ほかのお客さんの邪魔にならなへんよう、ちゃんと整列してください！」

先頭を歩く梨々花が、振り返りながら声をかける。そのしゃべり方は普段の間延びしたものではなく、ハキハキとしていた。梨々花の部長としての振る舞いもすっかり板についたようだ。

それからバスに乗って四十分。フェリー乗り場で一時間の待ち時間を挟み、海の上を進むこと二十分。空港を出てから二時間ほどがたったころ、北宇治高校御一行はようやく真日瑠島に到着した。

一・二年生たちは宿泊施設に、三年生はホテルへと移動し、それぞれの部屋に荷物を置く。三年生部員のホテルの部屋は、基本的には四人で一部屋だ。白と青を基調とした部屋には仕切りのある二段ベッドがふたつ並べられており、四人で寝ても充分な広さがある。窓からは近くの海岸が見え、バルコニーに出ると潮風を感じることができる。

人数の都合上、久美子と麗奈は二人部屋を割り当てられた。二段ベッドではなく普通のツインベッドだ。麗奈は窓側の、久美子は通路側のベッドを自分の領とした。浴室にある浴槽は広かった。

「めっちゃいい部屋やん」と、キャリーケースの車輪をウェットティッシュで拭いながら麗奈が言った。久美子も同感だった。

引率者である美知恵に見張られながらホテルのレストランでビュッフェを楽しみ、そのあとは徒歩で宿泊施設へと向かう。ホテルから宿泊施設までは、歩いてだいたい十五分ほどの距離だった。

到着してからは何もかもが慌ただしかった。トラックから楽器を降ろし、三年生は小ホールへと集合する。一・二年生たちは小さな体育館を借りて練習しているようだった。

「ここの会場は十六時半までレンタルしています。撤収も込みの時間なので、キビキビ動きましょう」

「はい！」

久美子の指示に、部員たちが返事をする。まずはホールで音出しをし、それからチューニングを行う。３６０度、至るところから楽器たちの音が響き渡る。混ざり合う音は曲とはかけ離れているが、その雑多さが久美子は好きだった。

「ごめーん。遅くなりましたー！」

小ホールの扉が開いたと同時に、ひらひらと手を振りながら橋本がステージに向かって駆けてきた。ド派手なボタニカル柄のアロハシャツは、彼のいささかふっくらとした体形によく似合っている。ハーフパンツから伸びる橋本の脚は、久美子の記憶のなかよりもずいぶんと小麦色が濃くなっている。

「はしもっちゃん、めっちゃ焼けてへん？」というパーカッション部員の問いに、

「じつは昨日SUPしててん」と彼は豪快に笑いながら答えた。

「君らも本番終わったら観光するんやろ？　バナナボートがオススメ。それか、グラスボート。沖縄の海はええでー、天気によってはちょっと肌寒いかもしれんけど」

「ってか、なんではしもっちゃんが指揮者なんですか？」

「しまった。その説明から始めんとあかんか」

　橋本がぺちんと自身の額を叩く。

「今回のイベントの主催者とは高校時代からの長い付き合いやねんけど、その人と飲んでるときに『いい吹奏楽部はおらんかー？』って聞かれてん。それでボクが堂々と胸を張って北宇治を推薦したってワケ。ほんでまぁいろいろあって、滝クンが現役組に付きっきりで忙しいからボクが指揮者になったって流れです。あれ？　あんまちゃんとした説明になってへんな。まあええか」

　橋本が自身の手のひらをハーフパンツにこすりつける。指揮台に立ち、彼は部員たちの顔をゆっくりと見回した。

「引退してから久しぶりにみんなの顔見たけど、なんか凛々《りり》しくなってる気がするね。君らの高校生活最後の演奏を見させてもらえるなんて、めっちゃ光栄なことやと思ってます。まずはリハーサルがてら一回通して、そこから指導していくな」

「はい！」

「そんじゃま、一曲目からいっちゃいましょう。スタンバイよろしく」

橋本の合図に合わせ、部員たちは一斉に楽器を構える。楽しげに身体を弾ませ、彼は指揮棒代わりに手を振り下ろした。


一曲目の『ウエスト・サイド・ストーリー・メドレー』から最後の『Another Day of Sun』までを通して吹いた部員たちは、橋本が両手を下ろしたのを見て「ふう」と大きく息を吐いた。

マウスピースから唇を離し、久美子はユーフォを太ももの上に横倒しにする。意味もなくピストンを押すと、ぽこぽこと鈍い音が鳴った。

「はい。どうも。相変わらず北宇治は上手いなー。滝クンの指導の賜物《たまもの》やね」

橋本の言葉に、部員たちが安堵したように表情を緩める。

「技術的な面でボクから言うことって、正直あんまりありません。本番は明日やし、余計なこと言うて演奏が崩れちゃうのもよくないしね。ただ、一点だけみんなに言いたいことがあります。君たち、もーーーっと楽しそうに吹けへんやろうか」

そこで一度言葉を区切り、橋本がオホンと咳払《せきばら》いをする。アロハシャツの袖をまくりながら、彼は手を上下に振った。

「いやね、いまの演奏だってめっちゃいいよ。ほんまに上手い。お客さんのことをしっかり考えて演奏してる。ただ、これが君たち三年生にとって最後の演奏会になるわけや。やったら、もーちょいノリよくやってもええんちゃうかなってボクなんかは思うわけ。自分たちのための演奏って言うんかなぁ。なぁ、そこのクラの君。ボクの言うてること伝わってる？」

「な、なんとなくは」

「ほんまかー？　まあでも、実際にやってみてもらったほうが早いか。みんなー、いっぺん席立ってー。んで、譜面台を前に置いて……そうそう、身体を動かせるスペースを作って」

橋本の突然の指示に、部員たちはその場で立ち上がる。うっかり楽器がぶつからないよう、久美子は譜面台を少し前へと押しやった。橋本が満足そうにうなずく。

「そもそもね、マンボっていうのはキューバのダンス音楽のひとつやねん。ルンバにジャズの要素を加えた音楽ジャンルで、日本でもめっちゃ流行って若者たちがダンスホールに集まってノリノリで踊ってた時代もあった。つまり、楽しい音楽ってこと！　君たちはすっごく上手に吹いてくれたし、スタンドプレイとかベルアップのタイミングとかも完璧やった。でも、ビシッと背筋を伸ばして真面目《まじめ》に吹いて……これはそういう曲とちゃうと思うねんな」

そう言って、橋本はそのたくましい指で譜面の一部をコツコツと叩いた。

「途中に歌詞が挟まってるやろ？　あれはスペイン語で、『せやで、せやで！　うちはマンボが好きやー！』みたいな意味やねん。この言葉を胸に刻んで、マンボをもう一回吹いてみよか。ただし、今度は好きなように動いてみて。こう、リズムに合わせて、パッションで。さっきの演奏より元気百倍って感じで、楽しむことに集中して」

「はい！」

威勢のいい返事に、橋本は白い歯を見せてニカリと笑った。半袖シャツの袖を引っ張り、彼は身体を揺するようにして腕を振り上げる。

「んじゃ行くでー。ワン、ツー、ワンツースリーフォッ」

軽快なイントロが一斉に鳴り響く。パフォーマンス隊がステージ前に踊り出て、全身を使って大きく手拍子をする。

『マンボNo.5』は、キューバのペレス・プラードが一九四九年に発表したインストゥルメンタル楽曲だ。日本ではバラエティー番組のドッキリの演出などでよく使用されているため馴染《なじ》み深い。

マラカスを振るパーカッションの部員たちは、いかにも楽しそうだ。鳴り響く手拍子。軽やかなコンガの音色。南国に似合う陽気な音楽はホール中を満たしていく。派手に声を出し、派手に身体を揺する。肉体の喜びが先行し、そのあとに意識がついてくる。針の穴を通すような緻密な音で構成された演奏も素敵だけれど、躍動するリズムに身を任せた演奏は本能的な喜びがある。

やみつきになるような痛烈な快感。曲を他者と共有する愉楽。

これだから音楽ってやめられない。練習がどれだけしんどくても、音楽を続けてしまう理由がここにある。

滝が橋本を指揮者に任命したのは、これを部員たちに教えるためだったのかもしれないと久美子はふと思う。滝と橋本は二人ともとても優秀な指導者だけれど、ベクトルが違う部分もある。滝が新山《にいやま》や橋本といった外部指導者を招いたのも、自分とは違う音楽へのアプローチを部員たちに体験させようとしていたのだろう。その視野が少しでも広がるように。

自分が教師になったら、滝のようになれるだろうか。大学生になったら、二十歳《はたち》になったら、社会人になったら……人生の区切りで、未来の自分は何を思っているのだろう。

曲が終わっても、ホール内にはいまだに熱が残っているかのようだった。日焼けした手で橋本が大きく拍手する。破裂音のような、力強い拍手だった。

「いやー、よかった！　みんな、ノリノリでできるやん。明日もその調子で全力で声出して、ノリノリで行きましょう」

「そんじゃ、今日の練習はここまで。夜更かしせず、みんな、ちゃんと寝るんやで。朝寝坊せんようにね」

「はい！」

合奏練習は、そんな橋本の言葉で締めくくられた。「ご指導ありがとうございました！」という久美子の発声に、「ありがとうございました！」と部員たちの声が続く。

その後、みんなが席から立ち、片づけの支度に入る。久美子はウォーターキイを押しながら、鋭くマウスピースに息を吹き入れた。楽器の管にたまっていた水滴が、ぼたぼたと雑巾の上に流れ落ちる。

「あー、そこのユーフォの二人。ちょっと待って」

先ほどまで指揮者台に立っていた橋本が、こちらへと寄ってくる。その丸みを帯びたボディが並んだ譜面台につっかかり、彼は少し恥ずかしそうに自身の腹部を手のひらでなでた。「昨日ラフテー食べすぎたー」と聞いてもいないことを自己申告される。

「どうされたんですか？」

隣に座る真由が、小首を傾げる。絹糸のような髪が柔らかに彼女の肩を滑りなでた。

「『再会』の演奏、ちょっと気になって。そこだけ聞かせてもらおうかなって」

「ダメなところありましたか？」

慌てて腰を上げようとした久美子を、橋本が「いやいやいや」と手のひらを向けて制する。久美子と真由は少し困惑したように互いに顔を見合わせ、それから橋本を見上げた。

「ダメっていうんじゃないねんけど、なんていうか……遠慮がち？　よそよそしい？　みたいな感じ。もっとツーカー感が欲しいんやけども」

「ツーカー？」

「あー、伝わらんか。もうこれやからオッサンになると困るねんな。君らでいうところのあれやあれ……ニコイチ？　これ、言葉の使い方合うてる？」

「ふふ。あうんの呼吸とかどうですか？」

真由の言葉に、橋本はパチンと指を鳴らした。

「おお、それ採用。そういうのが言いたかってん。つまり、もっとリラックスして息を合わせてほしいってことやな」

「息を合わせる……」

久美子の眉間には、無意識のうちに軽く皺が寄っていた。簡単に言ってくれるが、実行するのは難しい。何せ、久美子も真由もしっかりと息を合わせて吹いているつもりだからだ。

橋本がわしわしと自身の後頭部をかいた。

「こういうのは、技術というより気持ちの問題やからなぁ。あ、そうや。二人とも、ちょっといったん楽器を下に置いて」

突然の提案に、いぶかしく思いながらも久美子と真由はユーフォを床に置く。下向きになったベルに、ほっそりとした真由のふくらはぎが映り込んでいる。

「一分間、お互いに見つめ合ってみよ。真面目な顔でね」

冗談かと思ったが、橋本の顔は至って真剣だった。困惑を隠さないまま、久美子は真由の目を見る。彼女は普段と変わらない自然さで久美子へ柔らかな眼差しを向けていた。

長い睫毛は緩やかに天を向き、白い頬はきめ細かく滑らかだ。その唇は普段から端に行くほど釣り上がっており、いつも笑っているかのような印象を見る人に与える。こうして改めて向き合うと、真由がまとう美しさを再認識する。春の木漏れ日のような、穏やかな美しさ。茶色を帯びた瞳は、万華鏡《まんげきょう》のように密《ひそ》やかにきらめいている。

「……ふふふっ」

噴き出すように、真由が笑みをこぼした。背を丸め、彼女は自身の口元を両手で覆った。それに釣られるように、久美子もまた自身の頬が勝手に緩んでいくのがわかった。肩の力が自然と抜け、生温かな感覚が全身を包む。

目の前に、脅威はなかった。優しいクラスメイトがただそこにいるだけ。

周囲にいた部員たちが、なんだなんだと遠巻きにこちらの様子をうかがっている。

照れくささを隠しきれず、久美子はヘラリと笑いながら橋本のほうへ顔を向けた。

「あの。なんですか、これ」

久美子の問いに、「仲良くなるかなと思って」と橋本はあっけらかんと言い放った。

「二人とも、なんかお互いに遠慮してる感じがあったからさ。そういうときはあほみたいにお互いを見つめ合うとええねん。ボクも昔、先輩に滝クンとコレやらされてんけど、そっからなんか、変な力が抜けてええ演奏になってんな。ま、一切の根拠はないけど！」

ガッハッハ、と橋本が豪快に笑う。久美子は太ももの上に置いた自身の手のひらを見下ろした。皮膚の柔らかな部分は、うっすらと汗ばんでいる。

遠慮しているつもりなんて、まったくなかった。けれど、もしかしたら自分は真由にカッコつけていたのかもしれないとは思う。

コンクールのときは、真由と限られた枠を奪い合っていた。その思考の名残《なごり》が引退してコンクールから解放されたいまも脳の片隅にこびりついていたのかもしれない。真由に下手だと思われたくないという気持ちが強くて、肩肘を張って吹いていた。

「二人には、楽しんで吹いてほしいねん。上手くじゃなくて、楽しく」

橋本の穏やかな声音が胸にしみる。久美子は両手でユーフォを抱き上げると、真由の顔を見て言った。

「ねえ、合わせてもう一回吹かない？」

「私も同じこと思ってたの」

真由がにこりと破顔する。白銀のユーフォニアムを抱き締め、彼女は久美子に向かってうなずいた。橋本が見守るなか、二人はそっとマウスピースに口をつける。始まりの合図は要らなかった。目と目を合わせてうなずき合うだけで、なんとなく通じ合えたから。

二人分の音が、ピタリと重なる。柔らかで、それでいてどこか温かみのあるユーフォのユニゾン。撤収作業をしていた部員たちが、聞き入るようにその場で足を止める。流れる音楽を、この場にいる全員が共有していた。それはひどく心地よく、穏やかな時間だった。


ホールでの練習を終えたあと、三年生部員たちはホテルへと戻った。夕ご飯は十九時からで、それまでは自由時間だ。久美子、葉月、緑輝、真由の低音パートの面々はロビーに集まり、ショップを見て回ったりした。麗奈も誘ったのだが、彼女は彼女でトランペットパートの子たちと行動するようだった。

ホテル内で取り扱っているグッズは少々お高めで、一介の女子高生が買い物するにはなかなかにハードルが高かった。定番の土産物は空港のショップとそこまで変わらないが、食べ物は賞味期限があるためできれば帰る直前に買いたい。

「ウエストビーチストリートのほうは小さなお店が集まってるみたい。そこは結構お安めやねんて」という緑輝の提案に乗り、久美子たち四人はホテルを出ることにした。歩道は整備されており、海岸に沿って背の高いヤシの木が植えられている。砂浜の白に、海の青。爽やかなコントラストがいかにも沖縄らしい風景を演出している。

前を歩く葉月と緑輝は、スマホを片手にどの店に寄ろうかと話している。その後ろを久美子と真由はついていく。周囲に高い建物はほとんどなく、剝《む》き出しの日差しが四人に降り注いだ。まぶしさから目を守ろうと、久美子は手で庇《ひさし》を作る。

「久美子ちゃん、大学に行ったらやりたいこととかある？」

隣を歩く真由が、こちらとの距離を自然に詰める。ノースリーブのシャツからのぞく彼女の二の腕が白くまぶしい。

「教員免許を取るのは決まってるんだけど、それ以外はまだなんにも。サークルには入ろうと思ってるけど」

「吹奏楽？」

「に、なるかなぁ。音楽続けるなら、オケ部にユーフォはないし。なんか、少し前まではもうこりごりとかちょっと思ってたんだけどね。高校で全部やりきったなって」

「いまは違うの？」

「いまは……もうちょっとやってもいいかなって思ってる。やっぱ楽しいなって」

「ふふふ。いいね、私もユーフォ続けようかなぁ」

歩くたびに、彼女の胸元で髪が揺れる。緩やかに螺旋《らせん》を描く毛先が熱を帯びる潮風になびいた。

「真由ちゃんは大学に行って何かしたいことあるの？」

「私？　私は……恋人が欲しいかも」

意外な答えに、久美子は目を瞬かせる。靴越しに感じるコンクリートの感触は、異様なほどに滑らかだった。

「真由ちゃんならすぐできるよ。絶対モテるでしょ」

「そんなことないよ」

「でも、よく告白されてない？」

「あれはべつに、たまたまだから。それに私、好きな人を見る目がないらしいの。清良《せいら》のとき、友達によく言われてた。『だまされないよう気をつけなさいよ』って」

「そうなの？」

「うん。私がいいなって思う人って、うさんくさいんだって。だから私、久美子ちゃんと塚本《つかもと》君のことがうらやましいんだ。二人とも優しくていい人で……素敵なカップルだなって思う」

「あっ、えっ……それはどうも？」

なんと答えていいかわからず、久美子は曖昧に言葉を逃がした。素敵なカップルという言葉が、自分たちに当てはまっていると思われているのが不思議だった。そういう言葉は梨子と後藤のようなカップルに贈られるものだと思っていたから。

真由がくすくすとくすぐったそうに笑う。

「なんで笑うの？」

「ごめん。久美子ちゃんとこういう話、前からしたいなって思ってたの」

「こういう話って？」

「恋バナとか、他愛のない話。仲良くなったなって感じがするでしょ？」

「じゃ、ほかにしたい話はある？」

「なんだろう……好きなお笑い芸人は誰かとか？」

「それ、もしかしてつばめちゃんの影響じゃない？」

「ええっ、当たり。久美子ちゃんってすごいね、エスパーみたい」

「真由ちゃんがわかりやすいんだよ」

なのに、以前までの久美子は彼女に対して深読みしすぎていたような気がする。部活という狭い枠組みが、久美子と真由の関係を難しくしていた。友情というものは、距離感が変わることで上手くいくものもあるのかもしれない。

「あーっ！」

唐突に葉月が叫び、その場で足を止めた。前を見ていなかった久美子は、勢いそのままに葉月の背に突っ込みそうになった。

「突然どうしたの」

「サーターアンダギー号発見！」

葉月が元気よく指差している先には、キッチンカーが停まっていた。水色の車体に、水玉模様のパラソルがついている。

周囲には香ばしい甘い匂いが漂っている。もう少しで夕食だというのに、揚げたてで提供されるサーターアンダギーはいかにも美味しそうな魅力を放っている。味の種類は複数あり、そのなかからひとつずつ選べるようになっていた。

「緑、あれ食べたい！」

「うちもうちも！」

目を輝かせた二人は、さっそく店員に話しかけている。「真由ちゃんはどうする？」と久美子は財布をバッグから取り出しながら尋ねた。

「私はいい。このサイズを食べちゃうと、晩ご飯が入らなくなりそう」

「半分のサイズだったら食べられる？」

「え？　うん。それだったら入りそうだけど」

久美子は店員に声をかけると、プレーン味のサーターアンダギーをひとつ頼んだ。卵と小麦粉と砂糖のみで構成された、もっともシンプルな味だ。揚げたてのそれが、可愛らしい包装紙に挟まれた状態で手渡される。油が染み出し、紙にはすぐに水玉模様の染みができた。

「緑はココナッツ味にしてんけど、葉月ちゃんは挑戦したやつを選んでて」

「なんかすっごい緑だね」

「ゴーヤ味にしてん！」

食べる前から葉月が得意げに胸を張る。緑色のサーターアンダギーは、一見すると抹茶味のようにも見える。

「久美子はプレーンかー。普通やな」

「こういうのは普通がいちばんなんだって」

そう言いながら、久美子は熱々のサーターアンダギーを紙ごと半分に割った。揚げて硬くなった表面から、ふわふわで柔らかな黄色の断面が現れる。ほわりと昇り立つ白い湯気には優しい卵の匂いが混じっていた。

「はい、半分こ。こっちは真由ちゃんの分」

「ええ？　いいよ、私は」

「いいからいいから。前に私にお土産くれたでしょ、そのお礼」

真由は逡巡《しゅんじゅん》するように久美子とサーターアンダギーを交互に見比べていたが、やがてゆっくりと手を伸ばした。半分になったそれを受け取り、彼女は小さくかじりつく。

「わっ、これ美味しいね」

「ね。一緒に食べると本当に美味しい」

「ゴーヤのやふもおいひい」

「緑のも美味しいで」

はふはふと熱を口から逃がしながら、久美子はサーターアンダギーを咀嚼する。ガードレール越しに見える海はどこまでも透き通っている。奥に行くほどその青は深みを増し、鮮やかなグラデーションを生み出していた。

「沖縄、来てよかったな」

しみじみとつぶやいた久美子に、「本番は明日やで」と葉月が笑った。吹き抜ける潮風が久美子の頬を優しくなでた。


レストランでの夕食を終えたあと、部員たちはそれぞれの部屋に戻った。ベッドの上に寝転がり、久美子はスマホを取り出す。麗奈はカーテンを開けると、ソファーから夜の海を見下ろした。遠くのほうにぽつぽつと灯《とも》る船の光は、まるで都会の星空のようだった。

「久美子、ウエストビーチストリート行ったんでしょ？　何買ったん」

「んー？　洋服とか。たまたま入った店が安くて」

「見ていい？」

「いいよ」

ソファーの上に置きっぱなしにしていたビニール袋を、麗奈が開ける。彼女がなかから取り出したのは、白色のムームーだった。黄色のハイビスカスと緑色のリーフ模様が全体的にあしらわれている。

「可愛いやん」

「真由ちゃんとおそろいで買ったの。あと、シーグラスのお店にも寄った。すっごい可愛くて」

「いいな」

「明日みんなで行こうよ。後輩の子たちになんかプレゼントするのもいいねって話になってたんだ」

寝転ぶ久美子の身体の上に、麗奈がムームーをのせるようにしてあてがう。「似合ってる」と告げる彼女の唇は、ほんの少しとがっていた。久美子は身を起こし、にやりと口角を上げる。

「もしかして、すねてる？」

「べつにそんなことないけど？」

「んふふ、麗奈の分もお土産買ってるからさ」

「お土産？」

「うん。今日、一緒に使おうと思って」

ベッドから立ち上がり、久美子はソファーに置きっぱなしにしていた鞄のポケットを探る。なかから取り出したのは、泡だらけの子供のイラストがプリントされた小袋だった。麗奈が首を傾げる。

「何それ」

「入浴剤。せっかくの二人部屋だから贅沢《ぜいたく》しちゃおうと思って。ま、高かったから一個しか買えなかったんだけど」

部屋のバスルームは、トイレと浴槽が別々だった。まずは浴槽に湯を張り、ある程度溜まってから入浴剤を入れる。最後にシャワーをかけると、もこもことした泡が湯の表面に沸き上がってきた。

髪と身体を洗ったあとに、久美子は麗奈を浴室に呼んだ。麗奈が身体を洗っているあいだは久美子が先に浴槽に入り、少ししてから二人は一緒に湯船に浸《つ》かった。浴室のドアを半端に開けたままにしているのは、のぼせるのを防ぐためだ。

持ち込んだペットボトルはすでに湿気で汗を掻《か》いている。ホテル近くのコンビニで買ったミックスジュースだった。

浴槽は二人で入るにはやや狭く、向かい合うと脚を伸ばすことは難しかった。たっぷりとした泡を手ですくうと、一瞬だけ透明な湯が見え、それもすぐに泡のなかに消えていく。

「幼稚園生のころ、お姉ちゃんと一緒にお風呂に入ってたの思い出すなー。泡で角を作って遊んだりして。私、お風呂から出たくなさすぎて泣いちゃったんだ。楽しい時間が終わっちゃうのが嫌だったんだよね」

「今日は泣かないでよ?」

「もうすぐ大学生ですから」

「ふふふ」

麗奈が肩を揺らして笑う。その美しい鎖骨は泡によって半端に隠されていた。

泡を手のひらですくい、麗奈は自身の頭にそれをのせる。泡はすぐにふにゃりと形を崩し、濡《ぬ》れた黒髪のなかに吸収された。

「角にすんの、難しない?」

「コツがいるんだよ。やったげる」

手で丸めて泡の形を整え、久美子は崩れないように慎重に麗奈の髪の上にのせる。姉と一緒に風呂に入っていたころに比べて、角を作るのもずいぶんと上手くなった。

あんなに小さかった自分の手が、いつの間にか大きくなっていることに驚く。

粘土遊びに夢中になる子供みたいに、二人はしばらく泡をいじって過ごした。巨大な猫を作ろうと頑張ってみたものの、できあがったものは得体の知れないクリーチャーにしか見えなかった。

浴槽の壁に後頭部を預け、麗奈が上を見上げる。頰に貼りついた黒髪を、彼女は指でそっと払った。

「なんか、現実じゃないみたい。こんなふうにのんびり過ごすとか」

「旅行って感じだよねー。本当、沖縄最高ー」

「いまごろ、ほかの部屋は何やってるんかな。トランプとか？」

「それかUNOかも。みんなが旅行を楽しんでくれると、準備を頑張った甲斐《かい》があるよね」

「あとは全員無事で帰れるかが問題やけどね」

「フラグ立てないでよ」

笑いながら、久美子は持ち込んだミックスジュースを飲む。顔はすでに赤く、全身がホカホカと熱を持っていた。長湯しすぎたのかもしれない。

「そろそろ出ようかな」と言った久美子に、麗奈はうなずく。そのまま立ち上がろうとした久美子に、彼女は真顔で言った。

「愛してる」

驚いて、浮かしかけた腰が再び湯船へ吸い込まれる。たぷんと大きく揺れた湯船から溶けかけた泡があふれ落ちた。「急にどうしたの」と言いかけたところで、久美子は今朝のバス内でのやり取りを思い出した。崩れかけた表情を引き締め、久美子も真顔で麗奈に言い返す。

「愛してる」

数秒のあいだ、二人は無言で見つめ合っていた。その均衡を破るかのように、麗奈が先にふっと噴き出すように笑う。それに釣られるように、久美子も笑った。湯に浸かりすぎたせいか、麗奈の顔も赤かった。

「麗奈、照れすぎ」

「久美子こそ。やっぱこのゲーム、何がおもしろいかようわからんな。恥ずかしいだけやん」

「それを楽しむゲームなんでしょ」

「悪趣味」

「それは同感」

二人の笑い声が、狭い浴室に反響する。首筋に流れ落ちる汗を、久美子は手のひらで拭い取った。

翌朝の起床は早かった。レストランで朝食ビュッフェを食べ、部屋で身支度を済ます。今回の衣装はかりゆしウェアかアロハシャツを各自で選ぶことになっていた。色は統一されておらず、カラフルであることに重きが置かれている。

アロハシャツとかりゆしウェアの違いは、その柄にあるらしい。沖縄の伝統的な模様やモチーフを柄にしているものがかりゆしウェアで、さらっとした着心地をしている。ボトムスは白のスカートかズボンを選ぶことになっており、久美子はユーフォを膝にのせるためズボンにした。

「久美子、髪の毛くくってくれる？」

「おっけー」

欠伸を噛み殺しながら、久美子は麗奈の黒髪をブラシで梳く。互いに高い位置でポニーテールにし、こぼれた髪をヘアピンで留める。崩れないように仕上げにヘアスプレーをかけて完成だ。

身支度を済ませたあとは、三年生全員で会場へと移動する。オープン前のアクアラークは、あちこちが飾りつけられていた。パレードに参加すると思われる他校の生徒たちは華やかな衣装に身を包み、ダンスやチアリーディングの準備に勤《いそ》しんでいた。

北宇治の面々もそのなかに交じっており、広がって音出しをしている。奏に向かって久美子が手を振ると、彼女はユーフォを抱いたままヒラヒラとこちらに手を振り返した。その隣では、美玲が器用にバトンを回転させている。

「おー、みっちゃんもやる気やなー」

チューバの楽器ケースを持ったまま、葉月がうれしそうに笑う。美玲にとっては今日がドラムメジャーとして挑む初めての本番だが、きっと上手くいくだろう。

その後、三年生部員たちはさらに奥の広場へと移動した。譜面台や打楽器をセッティングし、各自の楽器をケースから出す。音出しをし、チューニングを済ませたあとにようやく合奏隊形に並べた席に着く。

みんなが座ったのを確認し、久美子、麗奈、秀一の三人は前へと出た。幹部役職三人がこうして出そろうのは久しぶりだった。こちらを見る部員たちの顔つきは、コンクールのときと全然違う。そこに緊迫感はなく、あるのは本番に向けての期待と高揚だけだった。

卒業した三年生にとって、これが北宇治高校吹奏楽部としての最後の演奏だ。もしかすると、楽器を演奏することそのものが最後になる生徒もいるかもしれない。大学生や社会人になっても音楽を続ける人間はそういないと、久美子は知っている。一緒に練習する日々が当たり前だった。そしてその当たり前も、終わりを迎える。寂しくないと言えば嘘になる。だけどそれ以上に、今日という機会が与えられたことを久美子はうれしく思っていた。

ステージの正面に立ち、久美子は部員たちの顔を順に見回す。背をまっすぐに伸ばし、久美子は部長としての最後の挨拶を口にする。

「三年前に入学して、吹奏楽部に入って……みんなと一緒に三年間を過ごせてよかったと、私は心の底から思っています。今日の本番だって、受験があって大変な時期だったし、沖縄って遠いし、まさか全員そろうとは思ってませんでした」

そこで一度唾を飲み込み、久美子は自身の胸に手を当てる。

「だからこそ、今日は奇跡みたいなステージだなって感じています。今日はお客さんを楽しませるのはもちろんのこと、私たち自身も全力で楽しみましょう」

「はい！」

ピタリとそろった声に、久美子は大きくうなずいた。麗奈と秀一のほうを見ると、彼らはすでに腕を動かしている。どの部員たちも準備は万端ということだ。

思わず笑みをこぼし、久美子も腕を曲げる。沖縄の青空の下に、息を吸い込む音が響き渡った。

「それじゃ、ご唱和ください。……北宇治ファイトー」

「オー！」

一斉に突き出された拳が、天に向かってまっすぐに伸びる。部員たちは互いに顔を見合わせ、弾《はじ》けるような笑顔を見せた。

本番の時間が、もうすぐそこまで迫っていた。

～閉幕・パストラーレ～

打ち上がる花火が、沖縄の夜を色鮮やかに彩る。広がる海面には光の筋が反射し、そこに白銀の光のシャワーが降り注ぐ。続く派手な演出に砂浜からあちこちで歓声が上がった。

ショートパンツの裾についた砂粒を手で払い、奏《かなで》は大きく息を吐き出す。

テーマパークのオープニングセレモニーが終わったあと、現役部員たちは改めて今後の予定を確認された。今日は合宿所で一泊し、明日の昼に大阪行きの飛行機に乗る予定だ。

卒業旅行中の三年生部員たちはホテルに泊まっているらしく、あと二日間は沖縄での休暇を楽しむ予定だそうだ。受験から解き放たれた先輩たちは、現役時代よりも伸び伸びしているように見える。

「二人きりで花火見られるとか、めっちゃ贅沢《ぜいたく》やねー」

隣に座っていた梨々花《りりか》が、マンゴージュースを片手に呑気《のんき》な声を上げる。オープン記念の打ち上げ花火は、狭い島内のどこからでも見ることができる。三十分ほど打ち上げが続くということだから、太っ腹なことは間違いない。

現役部員たちは、二十一時にパーク内のエントランス付近の噴水に集合と決められていた。それ以外は自由行動で、部員たちはアトラクションに乗ったり、ナイトサファリを楽しんだりと各々《おのおの》気ままに行動している。奏と梨々花は入り口近くにあったショップでムームーというハワイの民族衣装をおそろいで買ったり、お洒落《しゃれ》なカフェでフルーツがたっぷりのったエッグワッフルを食べたりした。ここ数日は部長・副部長として気疲れする時間が多かったから、優雅に楽しいひとときを過ごすのは純粋に楽しかった。

砂浜にあるコンクリートブロックに腰かけたまま、奏と梨々花は夜空を見上げる。みんなが花火に夢中になっているなか、二人は打ち上げ会場から少し離れた海岸にいた。キッチンカーや出店はないが、ほかの客がいなくて落ち着いて花火を観賞することができる。この場所を見つけたとき、「穴場発見！」と梨々花が得意げにこちらに向かってピースした。

等間隔に並んだヤシの木が、春風に乗って踊っている。奏は先ほど買ったスムージーを口に含んだ。パッションフルーツとドラゴンフルーツがミックスされたスムージーは、橙《だいだい》と紫の綺麗《きれい》な二層になっている。舌の上に広がる甘酸っぱさは、いかにも南国という感じがした。

「晴れてほんまよかった。雨が降ってたら髪の毛も跳ねちゃうし」

奏の言葉に、梨々花は「確かにー」と肩を揺らして笑う。

「沖縄で雨ってテンション下がるもんね。てるてる坊主の効果かなー」

「日ごろの行いのおかげでしょ？」

「そうかもー。私たち、とってもいい子やから」

足を伸ばし、梨々花がサンダルの先端で砂浜を突《つつ》く。その靴底からハラハラと白い砂粒が散り落ちた。

「これからさ、上手《うま》くやれるんかなー」

視線を空に固定したまま、梨々花が言う。打ち上がる花火の光が彼女の横顔を赤色に照らした。奏はプラスチックボトルの表面にまとわりつく水滴を指の腹で拭う。

「上手くって？」

「部長と副部長。久美子《くみこ》先輩たちみたいにやれたらいいんやけど」

「梨々花には梨々花のやり方があると思うけど」

「そうなんやけどさー。今回のイベントも、先輩たちの手助けのおかげで成功したみたいなところもあるし」

「あら、優秀な副部長の手助けがあったことはもうお忘れ？」

奏がいたずらっぽく言うと、梨々花の視線がこちらを向いた。引き結ばれた唇がもにょもにょと動く。ふわふわの髪を肩に流し、彼女は首を横に振った。

「忘れてへんってー。これからもよろしくね、副部長さん」

「もちろんですよ、部長さん」

そのまましなだれかかるように、奏は梨々花の肩に身を寄せる。ドン、とひと際大きな音を立てて花火が打ち上がり、大輪の花を夜空に咲かせた。

それからしばらくのあいだ、二人は黙って花火を眺めた。今年の北宇治《きたうじ》はどんなふうになるだろう。新しい役職、新しい部員たち。先輩部員は去り、残った自分たちが最高学年だ。

真っ白なキャンバスを前にしたときのような、爽やかな緊張と不安を帯びた楽しみが奏の胸を満たしている。寂しさはあった。だが、それ以上に期待もある。始まりの予感が、奏の心臓のいちばん柔らかな部分をくすぐっていた。

「あ、いたいた。奏ちゃーん！」

聞こえてきた声に、奏と梨々花は顔を上げる。歩道側に視線を向けると、南国ふうのワンピースを着た久美子と真由《まゆ》がこちらに向かって手を振っていた。珍しい組み合わせに、奏は目を瞬《しばたた》かせる。

「久美子先輩たちやん。どうしたんかなー？」

梨々花が首を傾《かし》げる。奏は立ち上がり、肌についた砂を払い落とした。

駆け寄ってきた久美子は、なぜか軽く息を切らしていた。その隣にいる真由は、けろりとした表情をしている。

「奏ちゃんも梨々花ちゃんも、捜したんだよ。ほかの二年生たちに居場所聞いたら、二人は別行動って聞いて。スマホに連絡しても返事ないし」

「あぁ、すみません。花火を見ていたので気づきませんでした」

「久美子ちゃんと島中歩き回ったの。でも、小さい島でよかった。こうして無事に見つかったから」

両手を胸の前で合わせ、真由がにっこりと微笑する。久美子は「ちょっとごめん」と言って、その場で手に持っていたペットボトルの水を飲んだ。

奏はにやりと笑い、上目遣いに久美子を見上げる。

「つまり、私に会いたくて仕方がなかったんですね？」

「あぁ、うん。そうだね？」

「ふふ。久美子先輩のそういう素直なところ、好きですよ」

隣にいた梨々花も立ち上がり、久美子と真由の二人の顔を交互に見やる。

「もしかして、緊急で何か問題が起きたりしましたかー？」

「あ、そういうのじゃないの。二人に渡したいものがあっただけ」

「渡したいもの？」

　奏と梨々花はそろって首を傾げる。真由がうれしそうに両目を細めた。

「そうなの。三年生で買い物してたときに、素敵なお店を見つけてね。みんなで二年生の子たちにプレゼントしようって話になったんだ。私たち、もう卒業しちゃってるから、いましか渡せないなって思って」

「自分の直の後輩にあげようってなって、それで麗奈《れいな》と葉月《はづき》と緑《みどり》とは別行動にしてるんだよ。私たちは奏ちゃんと梨々花ちゃんに渡そうって」

「あれ、でもなんでそれでお二人が私も捜すんですかー？　私、オーボエですけど」

「オーボエには三年生の先輩がいないでしょ？　だから代表して元部長の私が渡そうって」

「先輩……！　私、大感謝ですー！」

　がばっと両腕を掲げる梨々花に、久美子はどこか照れくさそうに頬をかいている。

　奏は後ろ手を組み、久美子の顔をのぞき込む。

「それで、私たちへの贈り物とはいったいなんなんです？　お二人とも素晴らしいセンスをお持ちですから、きっと素敵なものだとは思いますが」

「どうしてそうハードルを上げるかなぁ」

「楽しみだという素直な気持ちをお伝えしただけですよ」

「奏ちゃんもきっと喜ぶと思うよ」

肩をすくめる久美子と、笑顔を振りまく真由。対照的な二人の反応に、梨々花は噴き出すように笑った。慌てて口元を手で押さえていたが。

「はい、これ」

久美子がカラフルなトートバッグから取り出したのは、コバルトブルーの包装紙で包まれた小箱だった。奏と梨々花のふたつ分。

「開けてもいいんですか?」

「もちろん。気に入ってくれるといいんだけど」

奏は封をするセロテープを丁寧に剝がし、包装紙を開く。小箱の蓋を開けると、そのなかにあったのは、スカイブルーの石がトップについたネックレスだった。丸みを帯びた石は、とろみのある柔らかな色合いをしている。

「わー、可愛《かわい》いー!」

隣にいる梨々花は、歓声を上げながらさっそく自身の首元にネックレスをつけている。「それ、シーグラスなの」と真由が石を指差しながら言った。

シーグラスとは、海岸などで見つかるガラス片のことだ。海を漂流しているうちに波によって表面が削られ、独特の風合いが出る。

「つけてあげるー」と、梨々花が奏の首の後ろでネックレスを留める。トップスの襟ぐりから見えるネックレスのデザインは、フェミニンな雰囲気で可愛らしかった。

「奏ちゃん、似合ってるよ」

「ええ。私はなんでも似合いますから」

「あはは、そうだね」

奏の言葉に、久美子がまるですべてを見通したように笑う。出会ってすぐのころは可愛らしい反応を見せていた久美子も、三年生になってから余裕を持った表情を見せることが増えた。それが悔しいような、それでいてどこかうれしいような。

内心をごまかすように、奏は夜空を見上げる。打ち上がった花火の光が、四人の頭上に降り注いでいた。

「先輩たちも一緒に観ましょうよー」

「いいの？　うれしい」

梨々花の誘いに、真由がさっそくその隣に座ろうとしている。久美子と奏は互いに顔を見合わせ、それから先ほどまで奏たちが座っていた場所へ浅く腰かけた。体重を足にかけると、砂を踏む感覚がサンダル越しにひと際強く伝わってくる。

ドン、と続けて鳴り響く花火の音に、久美子がわずかに目を細める。北宇治高校吹奏楽部の元部長。彼女の肩書きがすでに変わってしまっていることが、なんだか信じられない。

赤色の光が、久美子の横顔の輪郭を縁取っている。その睫毛《まつげ》が一度上下し、双眸《そうぼう》がこちらへと向けられる。奏に見られていることに気づいた久美子は、なぜかいたずらっぽく上半身を傾けた。

「奏ちゃん、私がいなくなるのが寂しいんでしょ」

確信を持って上げられた口角に、奏は自分の頬が急速に熱を持つのを感じた。夜闇と花火でごまかされていることを願いながら、奏は澄ました顔を装う。

「それは久美子先輩のほうでしょう？　私と会えなくなるんですから」

「そりゃ寂しいよ。あれだけ一緒にいたんだもん」

久美子はそう言って、癖の混じる髪を自身の耳にかけた。

「でも、心配はしてないんだ。奏ちゃん、しっかりしてるから」

「それはそれは、期待に応えられるよう頑張るしかないですね。ご安心ください、きっと上手くやりますから」

ひらひらと手を振る奏に、久美子が不意に表情を引き締めた。その手が奏の肩を優しく叩《たた》く。

「北宇治を頼んだよ」

彼女の手つきは軽やかだったのに、ずしりとした重みを肩に感じる。奏は居住まいを正すと、まっすぐに久美子を見つめた。

二人の目線の高さは、いまや同じだった。

「もちろんです」

うなずいた声に、茶化す響きは微塵《みじん》も含まれていなかった。久美子は安堵《あんど》したように頬を緩めると、「心強いなぁ」とつぶやいた。その声に含まれた寂寥《せきりょう》と同じものを、奏もまた感じていた。

季節は回り、新しい一年が再び始まろうとしている。先輩たちが奏を導いてくれたように、今度は奏たちが部員たちを引っ張っていく番だ。仲間は変わる。されど、変わらずに受け継がれているものはきっとある。

春風を吸い込み、奏は夜空を見上げる。打ち上がる花火は、きらびやかな金色をしていた。

そして、北宇治の音楽は続いていくのだ。

この物語はフィクションです。作中に同一の名称があった場合でも、
実在する人物、団体とは一切関係ありません。

本書は書き下ろしです。

武田綾乃（たけだ・あやの）

1992年、京都府生まれ。2013年、第8回日本ラブストーリー大賞の隠し玉作品『今日、きみと息をする。』（宝島社文庫）でデビュー。「響け！ユーフォニアム」シリーズ（宝島社文庫）はテレビアニメ化され話題に。2021年、『愛されなくても別に』（講談社文庫）で吉川英治文学新人賞を受賞。他の著書に『嘘つきなふたり』（KADOKAWA）、「君と漕ぐ」シリーズ（新潮文庫nex）、『なんやかんや日記 京都と猫と本のこと』（小学館）、『可哀想な蠅』（新潮社）などがある。漫画『花は咲く、修羅の如く』（ヤングジャンプコミックス）の原作も手がける。

宝島社
文庫

響け！ ユーフォニアム
北宇治高校吹奏楽部のみんなの話
（ひびけ！ ゆーふぉにあむ　きたうじこうこうすいそうがくぶのみんなのはなし）

2024年7月11日　第1刷発行
2024年7月25日　第2刷発行

著　者　武田綾乃
発行人　関川　誠
発行所　株式会社 宝島社
〒102-8388　東京都千代田区一番町25番地
電話：営業 03(3234)4621 ／編集 03(3239)0599
https://tkj.jp
印刷・製本　株式会社広済堂ネクスト

本書の無断転載・複製・放送を禁じます。
乱丁・落丁本はお取り替えいたします。
©Ayano Takeda 2024

Printed in Japan
ISBN978-4-299-05621-4

武田《たけだ》綾乃《あやの》が描く“吹部”青春ストーリー

「響け！ユーフォニアム」シリーズ

響け！ユーフォニアム
北宇治高校吹奏楽部へようこそ

宝島社文庫

過去には全国大会に出場したこともあった北宇治高校吹奏楽部は、今では関西大会にも進めない実力。しかし、新任顧問・滝昇の指導で、見違えるように上達する。ソロを巡っての争いや、部活を辞める生徒もいるなか、いよいよコンクールの日が迫ってきて――。

定価723円（税込）

響け！ユーフォニアム2
北宇治高校吹奏楽部のいちばん熱い夏

宝島社文庫

関西大会への出場を決め、さらに全国大会を目指して日々練習に励む、北宇治高校吹奏楽部。そこへ突然、部を辞めた希美が復帰したいとやってくる。しかし、副部長のあすかは頑なにその申し出を拒む――。“吹部”ならではの悩みと喜びをリアルに描いた傑作！

定価726円（税込）

宝島社　検索　**好評発売中！**

TVシリーズ・劇場版アニメも大ヒット!!

響け！ユーフォニアム3
北宇治高校吹奏楽部、最大の危機

宝島社文庫

猛練習の日々が続くなか、北宇治高校吹奏楽部に衝撃が走る。部を引っ張ってきた副部長のあすかが、全国大会を前に部活を辞めるという噂が流れたのだ。受験勉強を理由に、母親から退部を迫られているらしい。はたして全国大会はどうなってしまうのか――？

定価726円（税込）

響け！ユーフォニアム
北宇治高校吹奏楽部のヒミツの話

宝島社文庫

シリーズ初の短編集！　葵が部活を辞めた本当の理由や、葉月が秀一を好きになったきっかけなど、吹部メンバーの甘酸っぱくてちょっぴり切ないヒミツの話を収録。北宇治高校吹奏楽部の面々がますます好きになる一冊♪

定価693円（税込）

宝島社　お求めは書店で。

武田《たけだ》綾乃《あやの》が描く“吹部”青春ストーリー

「響け！ユーフォニアム」シリーズ

響け！ユーフォニアムシリーズ

宝島社文庫

立華高校マーチングバンドへようこそ［前・後編］

憧れの立華高校吹奏楽部に入部した佐々木梓は、さっそく強豪校ならではの洗礼を受ける。厳しい練習に、先輩たちからの叱責。先輩たちに追いつきたくて練習に打ち込むが、たくさんの壁にぶち当たり……。マーチングバンドの強豪校を舞台に、新たな青春の幕が上がる!

定価（各）726円（税込）

定価704円（税込）

響け！ユーフォニアム

北宇治高校の吹奏楽部日誌

宝島社文庫

武田綾乃 監修

書き下ろし小説

♪冬色ラプソディー～北宇治高校 定期演奏会～
♪星彩セレナーデ～北宇治高校＆立華高校 合同演奏会～

『響け！ユーフォニアム』日誌

♪武田綾乃 1万字インタビュー
♪シリーズ&登場人物紹介

オザワ部長の『吹奏楽部』日誌

ほか

「響け！ユーフォニアム」シリーズの公式ガイドブック!

宝島社 検索 好評発売中!

TVシリーズ・劇場版アニメも大ヒット!!

宝島社文庫

響け! ユーフォニアム

北宇治高校吹奏楽部、波乱の第二楽章［前・後編］

新年度を迎えた北宇治高校吹奏楽部。二年生となった久美子は、一年生の指導係に任命される。低音パートに入ってきたのは、ユーフォニアム希望を含む4人。希望者がいたことにほっとするものの、低音の新入部員たちはひと筋縄ではいかないクセ者だらけで……。

定価(各)693円(税込)

響け! ユーフォニアム

宝島社文庫

北宇治高校吹奏楽部、決意の最終楽章［前・後編］

部長・久美子、副部長・秀一、ドラムメジャー・麗奈の新体制になった北宇治高校吹奏楽部。クセのある新入部員に加え、強豪・清良女子高校からの転入生でユーフォニアム奏者の三年生・黒江真由の登場で、部内に再び波乱が……。北宇治吹部、最後の物語が始まる!

定価(各)759円(税込)

宝島社　お求めは書店で。

武田《たけだ》綾乃《あやの》が描く"吹部"青春ストーリー

「響け！ユーフォニアム」シリーズ

響け！ユーフォニアム 宝島社文庫

北宇治高校吹奏楽部のホントの話

収録短編「アンサンブルコンテスト」が映画化！

定価693円（税込）

あすかたちの卒業後や、夏休みの久美子たちなど、北宇治高校吹奏楽部の楽しくてちょっぴり切ない日常を13編収録。優子の置き土産「アンサンブルコンテスト」では、チーム編成でまたもやひと波乱!?　卓也が東京に旅立つ日を描いた感動の一編も必読！

飛び立つ君の背を見上げる 宝島社文庫

定価780円（税込）

北宇治高校吹奏楽部三年の中川夏紀は、「吹奏楽部引退式」をもって部活を引退。卒業式を控え、ひょんなことから卒業記念イベントにて優子とツーピースバンドで演奏することに。ギターの練習に励みながら、夏紀は皆と過ごした吹奏楽部での日々を振り返る――。

宝島社　お求めは書店で。　宝島社　検索　好評発売中！